금단 1

그 두 자를 찾으려고 어제밤 노화백도 잠을 이루지 못하였다. 그림의 제호같은 것, 아모러나 상관 없을듯 싶으면서도 제호에따라 내용에 커다란 영향을 받은것은 부인할수 없는 사실이었다.

어름같이 차고 성모처럼 거룩해 보이는 순경의 행동, 더구나 순경은 진실한 카토릭 신자라고 알자부터 노화백은 어쩐지 누구나 순경을 침범할수없으리란 인상을 받었든것이다. 그리하여 마츰내「금단」이란 두자를 빨견해 냈었고, 정작 붙여놓고보니 노화백에게는 또딴 의미에서 그제호가 꼭드러맞었든것이다.

長篇小說

禁斷의 流域 〈第一回〉

鄭飛石

金熊超畫

老畫伯의 錯覺

노화백 추강 홍시헌(秋岡 洪時憲)은 오늘은 아침부러 이층 화실에 잠가져 버렸다.

극진히 사랑하던 화필을 놓아 줬던, 양화게의 선구자는 고견십년 가까이 화필을 놓아 줬던, 양화게의 선구자는, 이제 칠십의 고령으로 십년만에 캄파스를 대하니, 그는 스스로 감격과 흥분이 아니 없을수 없었다.

「懷古의 女子」란, 명제로. 五十호짜리 타체화를 그리기 시작한지가 이미 이십여일―화필을 들자부터 노화백의 심경에는 확실히 변조가 생겼었다만, 십년을 하로같이 일과로 삼어오던 오전의 독서를 풀니치고 아침부러 화실에 잠기지는 오늘이 처음이었다.

팔로 비스듬이 떡을 괴이고, 두어간 마른편의 화폿(畫布)우에 누어있는 「懷古의 女子」를 물끄럼이 바라보고있면 노화백의 눈에서는 간살핀 애조와 함께 뭇하지않고 그 한방울의 눈물이 흘러내렸다.

십분 이십분 삼십분 한시간…… 노화백은 쪼아놓은 초각처럼 그림을 바라보며 깊은 명상에 잠긴채 언제까지면 그림을 직일줄을 모른다.

먼데서 우령한 기적소리가 고요한 화실의 공기를 처땅하게 울리었다.

『금단의 유역』(1939) 연재본

하지만 그건 단지 화필이 유
치한 탓이지 순경의 눈입에는
틀림이 없었다.

「아ー이 그림을 어떻거누ー」

노화백의 마음은 측은울처럼
어즈러워졌다. 이 그림을 도저히
안해로 볼수는 없지않은가。 그
렇다고 안해를 그리려고 들었
던 붓으로 그냥 딴 여자를 그
리기에 노화백의 양심은 너무
나 곧았다。

허나 솔직히 말하자면 그는
샘처럼 맑고 정끼있는 순경의
눈을 흘연 새로운 창조
의 정열이 부쩍 솟아올랐다。
이대로 그려나간다면 확실히 새
로운 무엇을 창조할수 있을것
만 같았으나 그러나 그는 지
하의 안해의 명을 짓밟고 실
지는 않았다。 물론 예술을 이
해해주던 안해이긴하였지만 그
렇다고 안해를 그리려면 붓으
로 어떻게 딴 여자를……。

안해ー알뜰히 사랑하던 안해였다。 사십년을 가치 살
어오는 동안에 한번도 남편의 맘속에서 벗어나 본길
없는 안해였다。 그 안해가 아니었던들 오늘의화가 추
강의 존재는 없었을는지도 모른다。 그만큼 예술을 잘
이해해주던 안해가 아니었던가

화실―창가에 놓여있는 안락의자에 묵 파묻힌채 왼
팔로 비스듬이 턱을 피이고, 두어간 마즌편의 화포(畵
布)우에 누어있는 「懷古의女子」를 물끄럼이 바라보고있
던 노화백의 눈에서는 간얄핀 애조와 함께 뜻하지않
고 한방울의 참회의 눈물이 흘러내렸다.

노화백은 고요히 메을떼로가서 화필과 파레트들 들
고 캄파스 앞으로 닥어섰다。그러나 그림을 그리려고
가 아니라 순경과 그림속의 여자와를 한번 머 대조
해 볼 심산에서였다。

그는 물끄럼히 순경을 바라보았다。순경도 노화백을
마주 보았다。노화백은 삼푼넘어 순경을 바라보았으나
그러나 순경의 눈동자는 마네킹처럼 움직일줄을 모르
고 일향 노화백의 가슴을 쓰는 한개의 화살과도 갈
았다。노화백의 눈에는 오직 한개의 커다란 눈알
일뿐이었다。

순교자―
순경은 화가가 인상의 흔란
을 이르킬까봐서 억지로 그러
고 있는지도 모른다。그러나 일
호도 움직이지 않는 그 시선.
그것은 너무나 초인간적인 인
종(忍從)이었다。

에서, 고락과 꿉박에 시달니면
서도 죽엄으로써 절개를 지키
는 과거의 수많은 순교자들연
상하지 않을수 없었다。
그는 순경이가 이렇게까지 아

기면 너무나 정기가 없었다。

들다운 여자였음을 오늘까지 몰라온것이 오히려 기적
만 같았다。아니 스스로 인식을 못하였을 마름이지,
무의식중에 벌써부터 깨닫고 있었는지도 모른다。
노화백은 순경의 두 눈알이 마치 제가슴속의 제단
우에 뚜렷이 자리를 잡교 있는것만 갑이 느껴져 견
댈수 없었다。
그는 다시 시선을 들려 캄파스우의 여자를 바라보
았다。캄파스우의 여자도 순경이나 마찬가지로 노화백
을 마조보고 있으나 그러나 그것은 순경의 눈에 비

『금단의 유역』(1939) 연재본

梗

概

七이 다 된 양친께의 선구자인 추강화백과 그의 사랑
하는 제자 최숭조(崔崇祚)와는 깊은 사제지의이요 미묘한
밀네인 김순경(金順卿)을 끝끝치 연모하였으나 그러나 진실
한 카토릭교도인 순경은 일생을 신앙으로 살어가려는 마
여자였다。한편 노화백의 외딸 숭조만을 사랑하여 마
딴니는 신문기자 조각건을 냈치고 영웅에게 아주 냉정하였다
지않었으나 아주 숭조는 일기때문이라요 두사
조회 그미한 원인은 친히 순경이가 인기때문이라요 두사
이를 하고 다닌다는것을 보고 화신백화점에서 숭조와 순경이가 나나
란하고 심하는 어느날 화신백화점에서 숭조와 순경이가 나나
영웅의 마음의 스크림만에는 언젠가 다 판을 하려는
보여주는 청년시인것을 순경의 오빠인 「사모의신」를
뚜려시 크토스였었다。

순경을 숭조가 저녁을 갈이 먹자는것을 구지사양하
고 화신에서 고추 삼청동으로 도라오니 순환은 집에
없었다。

순경은 책상머릿백이에 걸녀있는 「모나리자」앞에 딴
정히 꾸러앉어서는 가슴에 십자가를 긋고 고개를 소
곳히 숙여 한순간 목도를 올리었다。그리고 나서야 비
로소 살머시 이러나 옷을 바꾸어 입고 저녁체비로부
터 식구인만큼 순경은 언제나 오래비가 도라오기를 기대
며서야 저녁을 먹는것이었다。그러므로 순환도 마브득

疑問의 訪問答

한시간후 저녁이 다 패었을때에도 그러나 순환은도
라오지 않었다。

지두하든 여름해도 이미 저무러 뜰악에는 제법 선
선한 바람이 불었다。

순경은 쿄토(如露)에 물을 기러서는 한종일 조악별
에 시달린 화초에 물을 주었다。시들었든 닢들이 금
시에 펄떡펄떡 날뛸듯이 싱싱해지는것이 보기에만도 신
선하다。

화단ー두메를 잡고 무티지어 피는 채송화 화무 십
일홍이라는데 축히 백일을 견대낸다는 백일홍 꽃저
만도 귀여운데 「며녀미도」아가씨의 손톱까지 곰다라니
물드려 준다는 봉선화、그밖에 똑두화、금전화、맬드메
미、냉초꽃둥 우리에 조상때부터 흔히 내려오는 꽃만
으로꾸며놓는 소담한 화단이긴 하건만、화단은 어모매
보아도 평화로웁다。

순경은 치마를 휘감싸며 꽃사이로 드러가 엉근채
송화 씨를 받고 일그러진 꽃 줄기에 지주(支柱)들 세
워주고 하는데 대청 괴종시게의 여덜시 치는 소리가들
녀왔다。그소리에 순경은 문득 고개를 들어 대문펀을
바타보며 순환이가 왜 상기 안도라올까 고 생각해본
다。그리고 뒤미처시장함을 깨달었으나 순환과 단두
식구인 순경은 언제나

그러나 어제밤에 「懷古의女子」는 순경이라고 알자부

터 노화백은 순경이가 숙명적으로 자기와 무슨 큰 인

과관계가 있는것만같이 느껴졌다.

그는 그것이 무서웠다.

長篇
小說

禁斷의流域

【第五回】

鄭飛石

金熊超 畵

동경과 금단!

그럴법한 제호였다 순경이가 노화백에게는 「금단」의 루역이라면, 승조에게는 틀림없는 「동경」의 세계가 아닐 것이냐? 노화백이 순경을 청교도의 태도로 대하지 않을수 없듯이 승조는 그를 몽상의 맘씨로 바라보지않 일수 없을것이다.

한국근대대중문학총서 틈

〈한국근대대중문학총서 틈〉은 한국근대대중소설의 커다란 흐름, 그 틈새에서 잘 알려지지 않은 소설을 발굴합니다. 당대에 보기 힘들었던 과감한 작품들을 통해 우리의 장르 서사가 동트기 시작하는 모습을 볼 수 있습니다. 한국 문학의 새로운 지평을 서서히 밝히는 이 가능성의 세계를 즐겨 주시기 바랍니다.

한국근대대중문학총서를
발간하며

한반도에서 한국어를 사용하며 살아가는 우리는 언어공동체이면서 독서공동체이기도 하다. 김유정의 「동백꽃」이나 김소월의 「진달래꽃」과 같은 한국근대문학의 명작들은 독서공동체로서 우리가 기억해야 할 자산들이다. 우리는 같은 작품을 읽으며 유사한 감성과 정서의 바탕을 형성해 왔다. 그런데 한편 생각해 보면 우리 독서공동체를 묶기가 그렇게 간단하지만은 않다. 누군가는『만세전』이나『현대영미시선』같은 책을 읽기도 했겠지만 또 다른 누군가는 장터거리에서『옥중화』나『장한몽』처럼 표지는 울긋불긋한 그림들로 장식되어 있고 책을 펴면 속의 글자가 커다랗게 인쇄된 책을 사서 읽기도 했다. 공부깨나 한 사람들이 워즈워드를 말하고 괴테를 말했다면 많은 민중들은 이수일과 심순애의 사랑싸움에 울고 웃었다.

한국근대문학관에서 근대대중소설총서를 기획한 것은 이처럼 우리 독서공동체가 단순하지 않았다는 점에 착안했다. 본격 소설도 아니고 그렇다고 '춘향전'이나 '심청전'류의 고소설이나 장터의 딱지본 소설도 아닌 소설들이 또 하나의 부류를 이루고 있었다. 이는 문학관의 실물자료들이 증명한다. 한국근대문학관의 수

장고에는 근대계몽기 이후부터 한국전쟁 무렵까지로 한정해 놓고 보더라도 꽤 많은 문학 자료가 보관되어 있다. 염상섭의 『만세전』이나 윤동주의 『하늘과 바람과 별과 시』처럼 한국문학을 빛낸 명작들의 출간 당시의 판본, 잡지와 신문에 연재된 소설의 스크랩본들도 많다. 그런데 그중에는 우리 문학사에서 한 번도 거론되지 않았던 소설책들도 적지 않다. 전혀 알려지지 않은 낯선 작가의 작품도 있고 유명한 작가의 작품도 있다. 대개가 그동안 잘 알려지지 않았던 작품들이다. 본격 문학으로 보기 어려운 이 소설들은 문학사에서는 제대로 다뤄지지 않았던 것들이다.

한국근대문학관에서는 이런 자료들 가운데 그래도 오늘날 독자들에게 소개할 만한 것을 가려 재출간함으로써 그동안 잊고 있었던 우리 근대문학사의 빈 공간을 채워 넣으려 한다. 근대 독서공동체의 모습이 이를 통해 조금 더 실체적으로 드러나기를 기대한다.

다만 이번에 기획한 총서는 기존의 여타 시리즈와 다르게 작품의 내용을 이해하기 쉽게 하자는 것을 주된 편집 원칙으로 삼는다. 주석을 조금 더 친절하게 붙이고 작품의 배경이 되는 시대를 이해하는 데 도움을 주기 위해 다양한 참고 도판을 충분히 활용하는 것이 한국근대대중문학총서의 발행 의도와 방향을 잘 보여 준다. 책의 선정과 해제, 주석 작업은 전문가로 구성된 기획편집위원회가 주도한다.

어차피 근대는 시각(視覺)의 시대이기도 하다. 읽는 문학에서 읽고 보는 문학으로 전환하여 이 총서를 통해 근대 대중문화의 한 양상을 체험할 수 있도록 하자는 것이 기획의 취지이다. 일정한 볼륨을 갖출 때까지 지속적이고도 정기적으로 출간할 예정이다. 앞으로 많은 관심과 애정을 부탁드린다.

인천문화재단 한국근대문학관

한국근대대중문학총서 틈 10   정비석 소설
박수빈 책임편집 및 해설

금단의 유역

기획 인천문화재단 한국근대문학관   홍시

- 정비석의 『금단의 유역』은 1939년 『조광』 제5권 7호(통권 45호)부터 제5권 12호(통권 50호)까지 총 6회에 걸쳐 연재되었다.

- 정비석은 1911년 평안북도 의주에서 출생했다. 본명은 '서죽'이지만 스승 김동인이 지어 주었다는 필명 '비석'으로 활동했다. 1935년 1월 〈매일신보〉 신춘문예에 콩트 「여자」를 발표하며 등단했고, 1936년 〈동아일보〉 신춘문예에 「졸곡제」가, 이듬해 〈조선일보〉 신춘문예에 「성황당」이 당선되면서 문단에 등장했다. 『금단의 유역』은 1939년 발표된 그의 첫 번째 장편 소설로 의미가 있다.

- 정비석은 일상에서도 '지독한 평안도 사투리'를 썼던 것으로 알려져 있다. 현대 국어의 원칙과는 다른 접미사나 합용병서, 일본어 등도 그의 독특한 색깔을 보여 준다. 그래서 이 책에서는 소설의 내용을 이해하는 데 방해가 되지 않는 한 해당 부분을 그대로 살리고자 했다. 북한을 비롯한 다양한 지역의 방언 사용 또한 최대한 그대로 두었으며 각주에 풀어 설명했다.

- 이 책은 미문(美文)이라 불리는 정비석 문장의 말맛과 특유의 분위기를 살리기 위해 최대한 원문을 그대로 두었으며, 서술어의 '-이었-'과 같은 옛 표현이나 맞춤법만을 현재의 어문 규정에 맞추어 수정했다.

• 홍시현(洪時賢)

　호는 추강(秋岡). 노화백. 일흔의 고전파 서양화가. 아내 사망 이후 십 년 만에 붓을 들어 아내를 그려 보고자 하지만, 모델인 김순경에게 매료되어 격렬한 내적 갈등을 겪는다.

• 아내

　홍시현의 예술 정신을 이해해 주던 삶과 예술의 동반자.

• 홍영옥

　홍시현의 외동딸. R 전문학교 작곡과 재학생. 아버지의 제자인 최승조를 사랑하지만, 순경과의 관계를 의심하기 시작하면서 고통에 빠진다. 자신이 사랑하는 최승조와 자신을 사랑해 주는 조창건, 김순환 사이에서 갈등하는 사랑에 울고 웃는 여성.

• 최승조(崔承祚)

　홍시현의 애제자이자 영옥의 사랑을 받는 청년 화가. 예술가적 자질이 풍부하고 미감이 뛰어난 인물로 우연히 만난 순경에게 반해 마음속으로 연모한다.

• 김순경(金順璟)

  홍시현의 아내를 주제로 한 그림에 모델이 되어 준 여자. 3년 전
  남편을 잃고 천주교에 귀의한 여성. '진실한 가톨릭교도'이며,
  누구든 한번 보면 잊을 수 없는 아름다운 외모의 소유자다.

• 김순환(金順煥)

  순경의 오빠. 청년 시인. 어딘지 쓸쓸한 소슬바람 같은 인상을
  풍긴다. 영옥이 승조, 창건과 함께 견주어 보는 남성 중 한 명으
  로 영옥에게 진심을 담은 '사모의 시'를 바친다.

• 조창건(曹昌建)

  신문 기자. 영옥을 짝사랑한다. 영옥에게 자신의 애정이 무시당
  한다고 생각하여 분노하고 영옥의 사랑을 받는 최승조를 질투
  한다.

1회

1 ― 노화백의 착각

노화백 추강(秋岡) 홍시현(洪時賢)은 오늘은 아침부터 이 층 화실에 잠겨 버렸다.

극진히 사랑하던 아내를 잃고부터―그러니까 거진 십 년 가까이 화필을 놓아 왔던 양화계의 선구자 고전파(古典派)의 거장인 추강 화백이, 이제 칠십의 고령으로 십 년 만에 캔버스를 대하니 스스로 감격과 흥분이 아니 없을 수 없었다.

'회고(懷古)의 여자'란 명제로 오십 호짜리 나체화를 그리기 시작한 지가 이미 이십여 일―화필을 들고부터 노화백의 심경에는 확실히 변조가 생겼었다만, 십 년을 하루같이 일과로 삼아 오던 오전의 독서를 물리치고 아침부터 화실에 잠기기는 오늘이 처음이었다.

화실―창가에 놓여 있는 안락의자에 푹 파묻힌 채 왼팔로 비스듬히 턱을 괴고, 두어 간 맞은편의 화포(畫布)[1] 위에 누워 있는 '회고의 여자'를 물끄러미 바라보고 있던 노화백의 눈에서는 가냘픈 애조와 함께 뜻하지 않게 한 방울

---

1) 캔버스. 유화를 그릴 때 쓰는 천. 삼베 같은 천에 아교나 카세인을 바르고 그 위에 다시 아마인유, 산화 아연, 밀타승 따위를 섞어서 바른다.

의 참회의 눈물이 흘러내렸다.

십 분, 이십 분, 삼십 분, 한 시간……. 노화백은 쪼아 놓은 조각처럼 그림을 바라보며 깊은 명상에 잠긴 채 언제까지 움직일 줄을 모른다.

먼 데서 우렁찬 기적 소리가 고요한 화실의 공기를 처량하게 울렸다.

노화백은 별안간 그 소리에 명상이 깨어진 듯 문득 고개를 들어, 열어젖힌 창으로 하염없이 먼 하늘을 우러러보았다.

간밤 보슬비에 산은 한 겹 더 진하게 초록물이 들었고 하늘은 천 리로 트였는데 북악산 봉우리에는 한두 점 흰 구름이 떠돌았다.

십 분 넘어 창밖에 자연을 바라보고 있던 노화백은 고요히 고개를 돌려 다시 '회고의 여자'에 눈을 쏟다가 이내 벽에 걸려 있는 괘종시계로 시선을 돌렸다.

열두 시 오 분―

"상기 시간 반이 있어야……."

노화백은 맘속으로 외워 보며 마도로스파이프[2]에 담배를 붙여 물고는 다시 안락의자에 몸을 파묻어 버리며 아무것도 보지 않으려는 듯이 눈을 스르르 감아 버렸다.

아내―알뜰히 사랑하던 아내였다. 사십 년을 같이 살아

[2] matroospipe. 담배통이 크고 뭉툭하며 대가 짧은 서양식 담뱃대로 뱃사람들이 주로 사용한 데서 유래한다.

• 서양식 담뱃대의 일종인 마도로스파이프

오는 동안에 한 번도 남편의 맘속에서 벗어나 본 길 없는 아내였다. 그 아내가 아니었다면 오늘의 화가 추강의 존재는 없었을는지도 모른다. 그만큼 예술을 잘 이해해 주던 아내가 아니었던가. 짓궂은 잡지 기자들이 추강 화백의 창작적 정열은 아내와 함께 정사(情死)해 버렸다는 꼬싶[3]을 지어낸 것도 전연 터무니없는 일은 아니었다고 노화백은 눈을 감은 채 적이 고개를 끄덕였다.

그렇듯 믿어 오던 아내가 일조에 불귀의 객이 되고 말자, 사실 추강은 별안간에 창작에 대한 욕망이 꺾였었다.

그러나 날이 가고 달이 바뀌는 동안에 슬픔은 그대로 창작적 정열로 변하여 아내를 사모하는 그 깨끗한 감정은 드디어 창작적 정열과 일치되었다. 그리하여 상을 가다듬기 무릇 팔 년 만에 아내를 추억하는 뜻으로 '회고의 여자'를 그리기로 하였던 것이다.

일단 구상이 끝나자 이번엔 용연하게 창작욕이 솟아올랐으나 그러나 한 가지 어려운 문제는 모델이었다.

사십 년을 같이해 온 아내라 그의 한 가닥의 표정에서 한구석의 음예(陰翳)[4]에 이르기까지가 아직도 또렷이 기억에 남아 있어 환상만으로도 넉넉히 그릴 수는 있으나 그러나 일생 고전파(古典派)만을 신봉해 왔기 때문에 가뜩이나 '추강의 그림은 너무 차다'는 세평을 받아 온 노화백

3) gossip. 가십
4) 하늘이 구름에 덮여 어두움. 또는 침침한 그늘

이 이제 고독의 슬픔에 잠긴 심경을 가지고 모델 없이 붓을 든다면 그림은 너무나 차가워 따뜻하던 아내는 도저히 그려질 것 같지 않아서 역시 적당한 모델을 구하기로 한 것은 작년 봄부터의 일이었다.

그러나 조선에서 모델을 구하는 것은 그리 쉬운 일이 아니었다. 더구나 종내에는 아내만을 모델로 삼아 왔던 노화백의 눈에는 항간에 떠도는 싸구려 모델은 너무나 비위에 거슬렸다.

첫눈에 받는 인상이 적어도 아내를 연상하리만큼 그만큼 특수한 모델을 구하자니 여간 어려운 일이 아니었다.

그러는 동안에 또 한 해가 지나 노화백은 적이 초조했다. 어물어물하다가 그대로 죽어 버리지나 않을까 하는 근심도 없지 않았다. 그래 헛되이 애를 쓰느니 차라리 귀여운 딸 영옥을 모델대에 앉혀 볼까 하는 생각도 없지 않았으나 그러나 차마 아버지로서 딸을 모델대에 앉힐 용기는 내지 못하였던 것이다.

그러할 즈음에 노화백의 고심을 짐작한 어떤 화우(畫 友)가 김순경(金順璟)이란 여자를 소개해 왔는데 그야말로 용모가 아내와 흡사하여 노화백은 그날로 곧 붓을 들기 시작한 것이 지금 아틀리에에 놓여 있는 '회고의 여자'였다.

그러나 오후 한 시 반부터 네 시 반까지 하루에 세 시간씩, 이십여 일 동안 모델과 싸워 오면서도 노화백의 머릿속에는 언제나 아내의 자태가 사라진 일이 없었다.

모델을 바라볼 때에도 노화백은 흡사 십 년 전에 아내를 마주 보는 그 기분이었었다. 다시 말하자면 순경이란 한 엉뚱한 여자를 놓고 그에게서 아내의 환상을 더듬고 있었을 뿐이었다. 그러므로 순경은 모델 노릇을 하면서도 노화백의 눈에서는 완전히 무시된 존재였었다.

그러하던 노화백이 어제저녁에 우연히 화실에 들어와서 그림을 바라보다가 깜짝 놀랐다. 그림 '회고의 여자'의 인상은 죽은 아내와는 너무 동떨어진 딴 여자의 그것이었기 때문이었다.

지금껏 아내를 그려 왔다고 생각한 것은 노화백의 큰 착각이었다.

"아내가 아니다! 아내의 얼굴은 저렇게 차지는 않았다!"

노화백은 거의 입 밖에까지 내어 부르짖으며 치를 부르르 떨었다. 아내를 그린다고 하면서 아내 아닌 딴 여자를 그렸다는 것이 아내에게 여간 죄스러운 일이 아니었다. 보통 사람이 본다면 분간키 어려울 정도의 것이나, 화가의 눈으로 본다면 아내가 아닌 것은 너무나 역연하였다[5].

"누굴까?"

노화백은 구멍이 뚫어지라고 지독한 시선으로 이윽히 그림을 쏘아보았다.

아내의 대신으로 그려진 여자는 표정을 뽑아 버린 차디찬 눈으로 노화백을 마주 보고 있다. 노화백은 제게서 아

[5] 분명히 알 수 있도록 또렷하다.

내의 추억을 뺏어 간 화포 위에 여자를 미워해야 할 줄 알면서도, 그 너무나 세찬 표정에 질려 미워할 용기도 내지 못하였다. 희로애락을 초월한 한 개의 바위와 같은 존재인 여자가 아닌가!

"누굴까?"

노화백은 고개를 떨어뜨리고 골똘히 생각하다가 문득 머리를 번쩍 들며

"아!"

하고 외마디로 부르짖었다.

화포 위의, 표정을 뽑아 버린 여자는 틀림없는 모델 김순경이가 아니고 무엇인가!

노화백의 눈앞에는 순간 순경의 용모가 클로즈업되었다. 그가 순경의 존재를 명확히 인식하기는 실로 이 순간이 처음이었다. 아내를 그린다는 것이 뜻하지 않게 순경을 그리게 된 것은 대체 무슨 착각일까?

어젯밤 노화백은 한잠도 이루지 못하였다. 그리하여 오늘은 오전의 독서도 치워 버리고 아침부터 화실로 올라와서 그림을 다시 감상해 보았으나 역시 아내가 아닌 것은 어제저녁과 틀림없었다.

노화백은 이제는 차마 그림을 바로 바라볼 용기가 없었다. 그는 암체어에 파묻힌 채 고개를 수이고 명상(名狀)할[6] 수 없는 착잡한 감정에 사로잡혔다.

[6] 사물의 상태를 말로 나타내다.

바른손에 들린 빨지 않은 마도로스파이프에서는 한 줄기 가느다란 향연이 긴내[7] 피어올랐다.

노화백은 왼손을 들어, 백발이 다 된 숱한 머리칼을 고요히 뒤로 긁어 넘겼다. 그러고는 한참 손을 그대로 꼭대기에 멈추고 생각에 잠겨 있다가 다시 시계를 바라보았다.

열두 시 사십 분이었다.

노화백은 생각난 듯이 담배를 한 모금 깊이 빨아서는 가만한 한숨과 함께 길게 내뿜으며 한 번 더 그림을 바라보다가 단박 외면을 하고 그러고 나서 다시 담배를 뻐금뻐금 빠는 것이었다.

그는 오늘처럼 순경을 기다려 본 적은 일찍이 없었다. 암만해도 아내로는 보이지 않는 그 그림—그러나 노화백은 도무지 그것을 믿을 수가 없었던 것이다.

이십여 일이나 아내를 그렸다고 생각한 그림이 졸지에 순경으로 변할 수는 없었다. 아내가 아니라 치더라도 그러나 순경일 리는 없다고 생각했던 것이다. 우선 첫날부터 노화백은 순경의 존재를 인정한 적이 한 번도 없지 않았던가?

노화백은 빨리 실물의 순경과 그림 속의 여자와를 대조해 보고 싶었다. 허나 순경은 이십여 일을 두고 한 번도 지각한 일도 없는 대신, 십 분 전에 온 일도 없었다. 일러야 오분 전 그렇지 않으면 일 푼이나 이 푼 전에 화실에 나타나는 것이었다.

7) '그냥'의 평안북도 방언

노화백은 또 시계를 쳐다보려다 말고 담배를 고쳐 담아 물었다. 그리고 이번엔 연성[8] 화풀이하듯 퍽퍽 피워서는 그대로 연기를 토해 놓았다.

삽시에 방 안에는 연기가 자욱하였다. 몽롱한 연기 속에 싸인 채, 그러나 노화백의 정기 있는 시선은 순간 이상히 빛났다.

"역시 아내다! 이 세상의 아내가 아니라 명부(冥府)에 간 아내다!"

노화백은 이렇게 생각을 고쳐먹어 보았다. 이 세상에 있던 아내는 저렇게 차지 않았으나, 남편을 두고 명부에 간 외로운 아내는 시방 정녕코 저렇게 찰 것이다. 어떤 숨은 힘이 자기에게 인스피레이션을 일으켜서 저런 아내를 그리게 한 것만 같았다.

노화백은 그럴 것을 굳게 믿으며 다시 그림을 바라보았으나 그러나 보면 볼수록 아내의 인상과는 멀어져 갔다.

노화백은 인제는 괴로움을 더 참을 수 없어 용수철을 튕긴 듯이 벌떡 일어서서는 두 팔로 뒤통수에 깍지를 끼며 방 안에 이리 왔다 저리 갔다 하였다.

그때 복도에 슬리퍼 끄는 소리가 차츰 가까워 오더니 침모 겸 가정부로 있는 정주골 아즈멈이 도어를 조심히 열고

"전화받으셔요."

하고 노화백에게 알렸다.

8) 계속해서 자꾸

노화백은 걸음을 멈추고 잠시 정주골 아즈멈을 마주 보다가 말없이 아래층으로 내려왔다.

2 ― 무한한 오뇌(懊惱)

"뉘십니까?"

수화기를 귀에 대고 잠깐 머물러 있다가 노화백은 묵중한 목소리로 말하였다.

"아부지이? 나 영옥이에요."

은방울 같은 음성이 전파를 타고 명랑하게 울려왔다. 노화백은 영옥이라고 알자 긴장했던 얼굴에 금시에 화기를 떠었다.

"영옥이냐? 오늘은 또 무슨 전화냐?"

"승조(承祚) 씨께서 편지 안 왔어요?"

"넌 공부 안 하고 그런 생각만 하니?"

노화백은 이렇게 말하면서도 그러나 그 어성(語聲)에는 조금도 책망의 빛은 보이지 않았다.

"아이! 어서 대답하셔요. 왔어요? 안 왔어요?"

"안 왔다!"

"안 왔어요? 아이참, 승조 씬 왜 깜짝 소식이 없을까!"

전화통 앞에서 몸부림을 치며 짜증을 쓰는 딸의 모양이 노화백에게는 선하게 보였다.

"닷새 전에 왔는데 또 무슨 편지가 올라구……. 그보다 두 넌 몇 시에나 집에 오니?"

"나 오늘 놀러 갔다가 늦게 돌아갈 테야—"

영옥은 승조의 편지가 없는 데 짜장 화가 나서 오늘은 신문 기자 조창건(曹昌建)이나 만나리라 하였다.

금년 스무 살인 전문학교 학생이건만 영옥은 아직도 아버지에게는 열 살 이편저편의 응석받이나 진배없었다.

"놀긴……. 또 어딜 가려구 그러니?"

노화백은 딸의 교육에는 완전히 방임주의를 써 오면서도 은근히 딸의 장래를 근심하기는 어느 아버지에게도 지지 않았다.

"글쎄 놀다 늦게야 돌아갈 테니 기다리지 마세요. 네, 그럼 빠이빠이!"

영옥은 쪼르르 말을 늘어놓고는 전화를 대깍 끊어 버렸다.

노화백은 잠시는 수화기를 귀에 댄 채로 있다가 전화를 끊고 나서 빙그레 웃으며 머릿속에 승조를 그려 보았다.

승조는 노화백이 지극히 사랑하는 청년 화가였다. 그는 지금껏 숱한 제자를 길러 왔으나 모두 한두 해가 멀다 하고 신문사로 혹은 잡지사로 뿔뿔이 달아나 버리고 인제 남은 제자는 승조 한 사람뿐이었다.

노화백은 모든 것을 제가 덕이 없는 탓이라 믿었다. 그러나 승조만은 노화백을 끝내 버리지 않았다.

그 승조가 잠시 고향에 다녀온다고 시골로 내려간 지 벌써 달포가 되고 보니 아닌 게 아니라 그도 승조가 보고팠다.

노화백은 다시 이 층 화실로 올라와 시계를 쳐다보았다.

"한 시 이십육 분!"

하고 입속말로 중얼거리는 노화백의 얼굴은 별안간에 새파랗게 질렸다. 금방 똑똑똑 순경의 노크 소리가 울려 올 것만 같아 공연히 가슴이 두근거렸다.

"만약에 저 그림이 순경이와 같다면 어떡하나……."

창틀에 기댄 채 노화백은 흥분을 삭이려고 입을 굳게 다물었다.

이 분이 지났다. 똑똑똑 노크 소리가 울려 왔다.

노화백의 눈에는 번개같이 놀람이 지나갔다. 날마다 "들어오시오" 하던 말이 오늘따라는 입에서 미끄러져 나가지 않았다. 삼 초, 오 초, 십 초, 벅찬 시간이 흘렀다. 복도에서는 두 번째 노크 소리가 울려 왔다.

"드, 들어오시오."

노화백의 음성은 가냘프게 떨렸다.

다음 순간, 흰 삼팔[9] 깨끼적삼에 미색 죠셋트[10] 치마를 입고 고요히 화실에 들어서는 순경의 손에는 한 묶음의 후록스[11] 꽃이 쥐어져 있었다.

9) 중국에서 생산되는 올이 고운 명주
10) 조젯. 얇고 투명한 드레스용 비단의 일종
11) 플록스. 북아메리카 원산으로 길가나 화단에 심어 기르는 관상용 여러해살이풀이며 협죽초라고도 한다.

문안에 들어서자 순경은 우선 벽에 걸린 다빈치의 「최후의 만찬」을 향하여 가슴에 십자가를 긋고 나서 허리를 굽혀 노화백에게 무언의 인사를 하였다. 노화백은 답례도 않고 순경의 얼굴을 지켜보고 있다.

갸름한 얼굴에 날카롭게 솟은 코와 야광주같이 윤기 있는 눈동자가 유별히 얼음같이 찬 인상을 주었다.

"역시—"

노화백은 저도 모르게 절망의 고개를 무겁게 끄덕였다. 순경은 발굽도 조심히 모델대 뒤의 테이블로 가서 화병의 시든 꽃을 금방 가지고 온 새 꽃으로 바꾸어 꽂아 놓았다. 화실의 꽃을 갈아 놓는 것은 순경의 한 취미였다. 노화백은 그의 일거일동을 놓치지 않으려는 듯이 끈기 있게 순경을 지켜보고 있었다.

암만 보아도 '회고의 여자'의 인상은 순경의 그것과 방불하였다.

노화백은 슬펐다. 사십 년을 가까이해 오던 아내를, 죽은 지 십 년도 못 되어 완전히 잊어버렸다는 자기의 배신 행위를 스스로 뼈아프게 깨닫지 않을 수 없었다.

순경은 새 꽃을 꽂고 낡은 꽃은 신문지에 싸서 구석에 놓고 그제야 노화백을 쳐다보았다.

두 시선이 딱 마주쳤다.

노화백은 그냥 마주 보았다. 순경도 잠시 마주 보다가 당황하는 일 없이 자연스럽게 고즈넉이 얼굴을 돌렸다.

흡사 한 막의 무언극이었다.

"선생님, 후록스 좋아하세요?"

잠시 후에 순경은 비로소 처음 입을 열었다. 가느다란 그러나 침착하고 또렷또렷한 음성이었다.

"후록스—"

노화백은 뜻하지 않고 순경의 말을 되풀이하며 꽃을 바라보았다.

한 송이, 한 송이 청초한 후록스는 방 안에 새로운 광채와 신선한 향기를 발휘하는 듯하였다.

"꽃! 시든 꽃 대신에 청신한 꽃……."

한 송이, 한 송이가 모두 순경의 정성의 꽃송이만 같아 노화백은 어쩐지 바라보기조차 무서웠다.

노화백은 순경이가 어떤 여자인지를 모른다. 이름은 김순경이고, 집은 삼청동 3×번지에 있고—순경에 대한 지식은 다못[12] 그뿐이었다. 그 이상 알 필요도 없었고, 알려 하지도 않았고, 순경도 더 말하지 않았던 것이다. 필요한 말이외에는 담화도 하지 않는 단순한 화가와 모델과의 관계였다.

그러나 어젯밤에 '회고의 여자'는 순경이라고 알고부터 노화백은 순경이가 숙명적으로 자기와 무슨 큰 인과 관계가 있는 것만 같이 느껴졌다.

그는 그것이 무서웠다.

12) '다만'의 전라도, 제주도 방언

노화백이 침중히 생각에 잠겨 있는 동안에 순경은 여느 날과 다름없이 옷을 한 가지씩 벗어서는 옷걸이에 차근차근 걸고 알몸으로 모델대 위에 가 포즈를 짓고 있었다.

이윽고 그림의 여자와 순경과는 포즈가 일치되었다. 노화백은 고요히 테이블께로 가서 화필과 팔레트를 들고 캔버스 앞으로 다가섰다. 그러나 그림을 그리려고가 아니라 순경과 그림 속의 여자와를 한 번 더 대조해 볼 심사에서였다.

그는 물끄러미 순경을 바라보았다. 순경도 노화백을 마주 보았다. 노화백은 삼 푼 넘어 순경을 바라보았으나 그러나 순경의 눈동자는 마네킹처럼 움직일 줄을 모르고 일향(一向)[13] 이편을 마주 보고 있었다. 순경의 눈은 육안이 아니라 노화백의 가슴을 쏘는 한 개 화살과도 같았다. 노화백의 눈에는 오직 한 개의 커다란 눈알이 보일 뿐이었다.

순경은 화가가 인상의 혼란을 일으킬까 봐서 억지로 그러고 있는지도 모른다. 그러나 일호도 움직이지 않는 그 시선, 그것은 너무나 초인간적인 인종(忍從)이었다.

순교자—노화백은 순경의 눈에서, 고락과 핍박에 시달리면서도 죽음으로써 절개를 지키는 과거의 수많은 순교자를 연상하지 않을 수 없었다.

그는 순경이가 이렇게까지 아름다운 여자였음을 오늘까지 몰라 온 것이 오히려 기적만 같았다. 아니 스스로 인식을 못 하였을 따름이지, 무의식중에 벌써부터 깨닫고 있

13) 한결같이. 꾸준히

었는지도 모른다.

노화백은 순경의 두 눈알이 마치 제 가슴속의 제단 위에
뚜렷이 자리를 잡고 있는 것만 같이 느껴져 견딜 수 없었다.

그는 다시 시선을 돌려 캔버스 위의 여자를 바라보았다.
캔버스 위의 여자도 순경이나 마찬가지로 노화백을 마주
보고 있으나 그러나 그것은 순경의 눈에 비기면 너무나 정
기가 없었다.

하지만 그건 단지 화필이 유치한 탓이지 순경의 눈임에
는 틀림이 없었다.

"아, 이 그림을 어떡하누!"

노화백의 마음은 칡넝쿨처럼 어지러웠다. 이 그림을 도
저히 아내로 볼 수는 없지 않은가. 그렇다고 아내를 그리려
고 들었던 붓으로 그냥 딴 여자를 그리기에 노화백의 양심
은 너무나 곧았다.

허나 솔직히 말하자면 그는 샘처럼 맑고 정기 있는 순경
의 눈을 보자 홀연 새로운 창조의 정열이 부적 솟아올랐다.
이대로 그려 나간다면 확실히 새로운 무엇을 창조할 수 있
을 것만 같았으나 그러나 그는 지하의 아내의 영(靈)을 짓
밟고 싶지는 않았다. 물론 예술을 이해해 주던 아내이긴 하
였지만 그렇다고 아내를 그리려던 붓으로 어떻게 딴 여자
를······.

노화백은 자기의 흥분을 순경에게 보이지 않으려고 넋
없이 팔레트에 조색을 하고 있었다. 그러나 고요한 화실에

팔레트 나이프 놀리는 소리는 노화백의 감정, 그것과 마찬가지로 너무나 거칠게 울렸다.

이윽고 노화백은 화필을 들었다. 그러나 그는 결코 그림은 그리려 하지 않고 올빼미 눈같이 지독한 시선으로 모델을 견주어 보다가는 캔버스로 눈을 옮기고, 캔버스로 옮겼다가는 다시 모델을 쏘아보았다.

한 시간이 지났다. 그러나 노화백은 그림에 한 번도 붓을 대 보지 못하였다.

회오리처럼 솟아오르는 창작욕을 윤리의 가책과 의지의 힘으로 눌러 버리려고 애쓰는 노화백의 얼굴에는 서슬이 푸르렀다. 마침내 그는 팔레트와 화필을 테이블 위에 내던지며

"쉬고 나서……."

이 한마디를 던지고는 안락의자에 가 털썩 주저앉아 버렸다.

그제야 순경은 포즈를 깨치고 고즈넉이 일어나 여느 휴게 시간과 마찬가지로 가운을 몸에 걸치고 냉수를 따라 마셨다.

노화백은 담배를 피워 물었다. 별안간 피곤이 안개처럼 몸에 스며드는 듯, 오금이 노곤해 오고 정신이 뿌야니 몽롱하여 왔다. 허나 피곤을 느낀 것은 비단 노화백뿐만 아니었다.

순경도 딴 때 없이 오늘은 신열이 난 듯 몸이 무거워 왔

다. 총부리를 견주듯이 심술스럽게 자기를 쏘아보는 노화백의 엄숙한 눈—지난 이십 일 동안에 일찍이 보지 못한 눈이었다. 그림이 차츰 완성에 가까워 옴으로 이제는 아마 그림에 혼을 잡아넣으려고 그토록 모델을 견주어 보는 화가의 눈일는지도 모른다. 또 그렇기에 순경도 노화백에게 혼돈된 감흥을 주지 않으려고 곧장 노화백의 눈을 마주 보고 있은 것이었다.

그러나 눈은 사람의 혼이요, 넋이 아닌가!

오랜 시간을 두고 남의 눈을 바라보기란 가장 고된 일이 아닐 수 없었다.

고민과 오뇌에 타오르는 노화백의 무언의 눈! 새것을 창조하는 화가의 고심이 그토록이나 크던가, 순경은 지금껏 미술품을 너무 경솔하게 보아 온 제가 어쩐지 죄스럽게 여겨졌다.

그러나 난생처음 모델 노릇을 해 보는 순경의 괴로움도 이만저만은 아니었다. 순경은 어쩐지 자기도 예술을 이해한 듯하여 은근히 보람 있는 기분을 느꼈다.

노화백은 세 대째의 담배를 피워 물었다.

십 분의 휴게 시간이 지나서 순경은 다시 모델대에 가 앉았다. 그러나 노화백은 역시 담배만 피울 뿐 그림은 그리려고 하지 않았다.

이날 노화백은 종시[14] 일호도 화필을 놀려 보지 못한 채

14) 끝내

네 시 반을 맞았다.

3 ― 창조의 정열

　노화백은 안락의자에서 일어날 줄을 모르고 이제까지 순경이가 앉았던 모델대를 견주어 보고 있었다.

　모델대 위에서 자기 눈을 화살처럼 쏘고 있던 순경의 시선을 그는 아직도 그대로 느끼고 있었던 것이다.

　감정을 말끔히 뽑아 버리고 혼백만 남은 그 눈! 도무지 침범할 수가 없는 그 눈이었다. 노화백은 칠십 평생을 남의 눈을 보아 오는 일로 보냈건만 아직껏 그렇게 차고 매운 눈을 본 기억은 없었다.

　"아름다움―"

　그러나 순경의 눈은 현대적인 아름다움이 아니라 고전적인 아름다움이었다. 서양적인 아름다움이 아니라 동양적인 그것이었다.

　"그렇다! 동양적인…… 고전적인……."

　노화백은 저 모르게 한 마디, 한 마디 소리 내어 중얼거렸다.

　현실은 언제나 추악하다. 회화의 목적은 그 추악한 현실에서 아름다움을 창조해 내는 데 있는 것이다.

　그러나 노화백은 순경의 눈을 보자 아무리 투철한 회화

라도 순경의 아름다움을 따를 수 없으리라고 느꼈다. 그러므로 그는 순경의 눈을 한번 회화에 그대로 옮겨 놓고 싶은 욕망이 무럭무럭 솟아올랐다.

보통 화가가 그림을 그릴 때, 모델은 화가의 마음속의 구상을 좀 더 선명히 해 주는, 한 보조물밖에 못 된다.

창작적 정열과 정확한 구상이 없이 모델만으로 그림을 그린다는 것은 무모한 짓에 지나지 않는다. 이상을 말하자면 창작 정열과 정확한 구상과 그리고 그것들과 일치되는 모델의 인상, 이 세 가지가 합치된 때가 아니면 참된 회화는 창작되지 못하는 법이다.

과거 십 년 동안 노화백이 생각해 온 것은 아내의 깨끗하고 아름다운 인상이었고, 그러므로 그는 '회고의 여자'를 제작함으로써 화가로서의 최후를 마치려 하지 않았던가.

헌데 노화백은 오늘 순경에게서 새로운 아름다움을 발견하자, 홀연 자신이 감격의 초점(焦點) 위에 서 있는 것을 깨달았던 것이다.

짙은 구름에 싸였던 가을하늘이 별안간 탕! 트인 듯, 노화백의 눈앞에는 희망에 찬 창공이 무제한으로 전개되었다. 진실로 이 순간처럼 예술적 감격에 도취해 본 적은 칠십 평생에 일찍이 없었던 일이었다. 그러나 다음 순간 그는 가슴을 푹 찔린 듯 놀랐다.

"아내—"

노화백은 제 마음에서 아내의 우상을 불살라 버리기란

죽기보다 괴로운 일이었다. 그는 모든 생념을 한꺼번에 떨쳐 버리려는 듯이 머리를 부르르 흔들었다. 백발이 푸수수하니 이마에 내려 덮이고, 거슬거슬한 수염이 보기 좋게 나부꼈다.

그때 복도에서 노크 소리가 났으나 노화백의 귀에는 들리지 않았다.

잠시 후에

"선생님!"

하고 부르며 아까보다 좀 더 힘차게 문을 두드리는 소리가 났다. 그제야 노화백은 꿈에서 깨어난 사람처럼 고개를 들어 문께로 돌렸다.

도어를 열고 키가 후리후리한 청년이 화실에 나타났다.

"아! 승조 군!"

청년을 발견하자 조금 전과는 딴판으로 기운차게 벌떡 일어서며 팔을 내미는 노화백의 얼굴에는 기쁨이 충만하였다.

"선생님! 안녕하셨습니까?"

승조도 빙글빙글 웃으며 노화백의 손을 마주 잡아 가만히 흔들었다.

"자, 이리 앉게! 언제 올라왔나?"

"낮차로 왔습니다."

"댁은 다 평안하시지?"

노화백은 안락의자 방향을 돌려 승조와 마주 앉았다.

"네⋯⋯. 참, 선생님이 화필을 드셨다구요?"

승조의 눈에는 축하의 빛이 가득하였다. 허나 그 순간 노화백의 얼굴에는 몹시 혼란된 빛이 떠돌았다.

"응⋯⋯."

"아마 십 년 만이시죠?"

"그래 십 년⋯⋯. 참, 빨리 올라와서 반갑네. 아까두 영옥이가 자네 얘기를 하던데⋯⋯."

노화백은 그림 얘기를 더 하고 싶지 않아 슬쩍 화제를 돌렸다.

"고맙습니다. 영옥 씬 여적 학교에서 안 돌아오셨습니까?"

"오는 길에 어디 놀러 간다구⋯⋯."

"놀러요?"

승조는 그동안 거의 날마다 받은 영옥의 편지를 생각하고 약간 불쾌의 구름이 떠돌았다. 잠깐 침묵이 지난 후였다.

"이번 그림은 사모님을 그리신다구요?"

하고 승조는 다시 그림 얘기를 끄집어냈다. 그러나 이번엔 노화백은 아무 대답도 않았다.

'사모님⋯⋯ 아내⋯⋯. 아내 아닌 여자⋯⋯.'

노화백은 눈을 스르르 감았다.

"얼마나 그리셨어요?"

승조는 고개를 돌려 저만치 놓여 있는 캔버스를 바라보다가, 슬쩍 일어서 그리로 가까이 걸어갔다.

그리하여 일 푼 이 푼, 그림을 유심히 들여다보고 섰는 승조의 얼굴에는 경의의 빛이 차츰 진하여 갔다.

'사모님…… 사모님은 아니다.'

승조는 마침내 입속으로 중얼거렸다. 그는 직접 사모님을 대해 본 일은 없었지만, 선생의 그림으로 오랫동안 친해온 사모님이었다. 그런데 암만 보아도 이 그림은 그전 사모님의 인상과는 엉뚱하지 않은가.

고개를 이리 솟고 저리 솟고 하며 침착히 그림을 감상하던 승조의 머리에는 문득 '김순경!'이란 석 자가 떠돌았다.

'그렇다! 순경이다.'

속으로 부르짖다가, 그러나 순경이가 모델 노릇을 할 리는 만무하다고 생각되어

"선생님! 이 그림은 모델을 놓고 그리셨습니까?"

하고 노화백에게 물었다.

승조는 선생이 '회고의 여자'란 화제(畫題)로 사모님을 그린다는 소식은 신문지상으로 알았지만 모델을 쓰리라고는 생각지 않았던 것이다. 왜냐하면 노화백은 고전파 화가니까 모델 없이 환상으로 그릴 적이 흔했던 때문이었다.

"모델? …… 있지……."

노화백은 한참 만에 간신히 대답하면서 승조의 예리한 눈에 탄복하지 않을 수 없었다.

"혹시…… 김순경이란 여자가 아니십니까?"

"뭐?…… 자네, 김순경 씰 아는가?"

노화백은 뜻하지 않고 놀랐다. 선생의 놀람을 보는 순

간, 승조는 아까 정거장에서 순경의 오빠인 신진 시인 순환 (順煥) 군을 잠깐 만났던 일을 생각하였다.

그리고 작년 가을에 안양에 피크닉을 갔다가 순환 군의 소개로 그의 누이 순경을 알게 된 것을 번개같이 회상하였다.

"작년 가을에 그이의 오랍동생[15] 순환 군에게서 소개받은 일이 있습니다."

"순환 군?"

노화백은 귀에 익은 이름이라는 듯이 한번 곱채어[16] 물었다.

"김순환 군이라구 저와 동창인데 시를 쓰죠. 작년 봄에 신문에 당선된 일두 있구……. 순경 씨는 그 순환 군의 누입니다."

"……."

노화백은 다신 말이 없었다. 그러나 그의 마음은 너무나 착잡하였다. 단 한 번 소개받은 일로 지금껏 순경을 잊어버리지 않았다는 승조의 말을 그는 단순하게 들어 넘길 수가 없었던 것이다.

'그러면 승조 군도 나와 같은 감흥을 순경에게서 받은 것일까?'

노화백은 승조의 심미안이 유치하지 않음을 잘 알고 있

15) '오라비'의 강원도 방언
16) '되풀이하다'의 평안북도 방언

다. 승조 군이 순경을 단순히 보아 넘겼을 리는 없지 않은가.

노화백은 승조의 옆얼굴을 그냥 지켜보고 있었다. 그리고 승조는 승조대로 망부석처럼 언제까지고 그림을 응시하고 있는 것이었다.

승조의 눈에는 차츰차츰 순경의 얼굴이 화포 위에 생생하게 나타났다. 작년 가을 안양 밤나무 아래에 오롯하게 서서 먼 하늘가를 하염없이 바라보고 있던 순경의 자태는 그대로가 한 폭의 명화가 아니었던가. 그때 승조는 순경을 모델로 그림을 그려 보았으면 하지 않았던가. 그 후 모델 얘기만 나면 승조는 반드시 순경을 회상하였고, 그 때문에 딴 모델을 보고는 도무지 그림을 그릴 감흥이 나지 않았었다.

그 순경이가 이제 천만뜻밖에 선생의 모델이 되었다 하니 승조는 감격을 참을 길이 없었다.

"선생님은 전부터 순경 씨를 아셨습니까?"

한참 만에 저로 돌아온 승조는 노화백을 마주 보며 물었다.

"아니…… 친구의 소개로……."

"순경 씨는 모델 노릇 할 여자가 아닌데요. 모델이 천한 직업이란 의미에서는 아니지만……."

"자넨 순경 씰 잘 아는가?"

노화백은 아까 물은 말을 한 번 더 물었다.

"네……. 직접 사귄 일은 별루 없지만 순환 군을 통해서……. 삼 년 전에 그의 남편이 돌아가셨죠. 헌데 어느 비

오는 날이었더랍니다. 순경 씨가 슬픔에 잠긴 채 문에 기대어 빗소리를 듣고 있노라니까, 멀리 천주당에서 저녁 종소리가 은은하게 들려오더랍니다. 헌데 그 종소리가 어찌나 성스럽게 들렸던지 순경 씨는 슬픔을 죄다 잊어버리고 그길로 비를 무릅쓰고 천주당으로 달려가서 입교(入敎)를 하였답니다. 그래서 그 후부터는 완전히 신앙에 몸을 바쳤다고 합니다. 아주 기특한 여자지요."

승조는 묻지도 않은 말을 자랑삼아 지껄였다. 노화백은 바위처럼 장엄한 얼굴로 듣고 있었으나, 승조의 구절구절이 폐부를 찌르는 듯하였다. 순경이가 그처럼 찬 인상을 주는 원인도 이제사 짐작이 갔다.

오랫동안 침묵이 계속된 후였다.

"자네, 그려 보게!"

노화백은 드디어 입을 열었다.

"저요……?"

"응."

"글쎄올시다……. 순경 씨가 양해해 주신다면, 선생님 것이 끝나는 대로 그려 보겠습니다."

"내일부터 그리게……. 난 그만두겠네."

"왜요? 왜 그러십니까?"

"……."

노화백은 대답이 없었다. 그는 암만해도 아내를 그리려던 붓으로 차마 순경을 그릴 용기는 나지 않았다.

"왜 그러십니까? 선생님의 화법(畫法)에는 순경 씨가 맞춤의 모델인데요."

그러나 노화백은 역시 대꾸는 않고 담배만 피웠다. 한참이나 대답을 기다리던 승조는 다시 입을 열었다.

"선생님이 안 그리신다면 저두 그만두겠습니다."

"왜?"

노화백은 책망하듯 굵직한 목소리로 반문하며 타오르는 눈으로 승조를 마주 보았다.

"……"

이번엔 승조가 말문이 막혔다.

얼음처럼 찬 순경. 감정을 초월한, 성모같이 거룩한 순경. 그러면서도 종소리에 감격되어 비를 무릅쓰고 성당으로 달려갔다는 감격의 천사 순경.

순경은 확실히 고전파 화가에게는 맞춤의 모델이었다. 그를 모델로 한다면 선생은 말할 것도 없고, 승조 자신도 한 걸음 새로운 경지로 진전할 자신이 있었다. 그러나 승조는 차마 외람되게 선생을 비켜 놓고, 저만 그릴 생념은 나지 않았다.

노화백도 이마에 손을 대고, 골똘한 생각에 잠겼다. 나이 이미 칠십—이제 살면 몇 해나 더 살 것이랴. 해로 비길 테면 서산 봉우리에 걸린 셈이니 이번 기회를 놓치면 다신 영영 붓을 못 들어 볼 것이 아닌가.

진실로 사(私)스러운 감정에 구애되어 최후의 순간을

헛되이 할 시기가 아니었다. 심혈을 다하여 단말마까지 예술을 지켜야 할 것이 참된 창조의 사도의 성직이 아닌가. 그뿐더러 칠 년간이나 사제(師弟) 관계를 맺어 오면서도 노화백은 아직껏 승조에게 물려준 아무것도 없었으니, 승조에게 물려줄 무엇이 있다면, 그것도 모름지기 이 순간이어야 할 것 같았다.

"승조 군!"

"......?"

승조는 무언으로 선생을 쳐다보았다.

"승조 군! ......같이 그려 보세!"

결심이 충만한 노화백의 눈에서는 한 줄기 굵다란 눈물이 엄숙하게 흘러내렸다.

2회

경개(梗槪)

아내를 여읜 슬픔을 이기지 못하여 십 년 동안 화필을 던졌던 양화계의 선구자인 추강(秋江) 화백은 칠십의 고령을 맞은 해에 드디어 '회고의 여자'란 제호로 죽은 아내를 그림으로써 필생의 작품으로 삼으려 하였다. 그림이 칠 부가량 진전된 어느 날 노화백은 그림 속에서 모델녀 김순경(金順璟)의 얼음같이 차고 깨끗한 인상을 발견하고 번민하기 시작한다. 허나 김순경이란 젊은 미망인은, 진실한 가톨릭교도로 노화백의 사랑하는 제자 최승조(崔承祚)가 오래전부터 연모해 오던 여자였다. 그리고 다른 한편에는 승조를 사모하여 마지않는 순정의 처녀가 있으니 그는 노화백의 외딸 영옥이었다.

4 — 방황하는 순정

학교에서 돌아오는 길에 승조의 편지가 오고 안 오고를 전화로 알아본 영옥은, 오늘도 오지 않았다는 아버지의 대답을 듣자

"안 왔어요? …… 그럼 나 놀다 늦게야 돌아갈 테니 기

다리지 마세요. 네!"

제법 명랑한 목소리로 이 한마디를 남기고 재깍 전화를 끊어 버렸으나 그러나 재깍하고 수화기 걸리는 소리에조차 불현듯 서글픈 공허감이 솟구쳐 올라 영옥은 쓰러지듯 전화통 위에 두 팔을 얹으며 거기에 머리를 파묻어 버린다.

'오늘은 으레 오려니 했던 승조의 편지가 오늘에도 오지 않았다니, 그럼 승조 씨는 그렇게나 내게 무관심 무성의한 것일까?'

아버지께는 상기 열 살 이편저편의 응석받이나 진배없던 영옥도 승조 일에 대해서만은 도저히 어린애일 수 없었다.

답장조차 없는 승조에게 저만은 갖은 열정을 다해 날구일[17) 편지를 했던 것을 생각하면 영옥은 금방 면판에 가래침을 뱉긴 듯한 멸시와 발길로 걷어채인 듯한 모멸을 아니 느낄래야 아니 느낄 수 없었다. 승조의 편지가 오지 않았다는 것은 지극히 단순한 사실이면서도 영옥에게는 너무나 커다란 운명의 스위치였다. 영옥은 승조에 대한 자기의 그리움이 이른바 연애란 것을 인젠 부인할 수 없었다. 그리고 그연애가 채 싹이 트기 전에 벌써 서리를 맞은 듯도 하였다.

'연애는 가시덤불 길이다'란 어떤 시인의 말을 영옥은 생각해 내고 제가 지금 그 가시에 찔리고 있다는 것을 깨달았다.

허나 저만은 그렇게 달떠 해도 승조는 너무나 힘힘[18) 팽

17) 매일

팽하고 있으니 이것을 어찌 연애의 성립이라 할 수 있으랴 싶어, 순간 영옥은 회오리 같은 모멸감과 분노에 몸이 파들파들 떨렸다.

'승조 씨는 나를 가히 건드릴 보람 없는 계집애로 아는 것이다!'

영옥은 퍼뜩 이런 생각이 머리에 떠오르자, 암만 그런 마음은 부인하려고 해도 도저히 부인할 수 없었다.

'버림을 받은 계집.'

더구나 첫사랑이라 할까, 난생처음 이성을 그리워하는 제 깨끗한 감정이 첫 발걸음부터 보이콧을 당하였다고 생각하니 영옥은 밤으로 낮으로 알뜰히 그립던 승조가 불각시[19]에 이로 찢어 삼켜도 피비린내조차 안 날 듯, 벼락같이 원수로 여겨지는 것이었다.

"비겁한 사내! 못난 사내!"

영옥은 소리 내어 이렇게 부르짖어 보았다.

그야 승조 편에서 먼저 영옥에게 사랑을 프러포즈했거나 한 것은 아니지만, 그래도 그만치 믿게 해 놓고 정작에는 쓱쓱하니 뺑소니를 치는 승조야말로 비겁한 사내가 아니고 무어냐구 영옥은 애써 그렇게 화풀이를 하려 들었다.

"흥, 내가 미쳤댔지…… . 그까짓 사낼…… ."

영옥은 공중전화에 볼꼴 사납게 매달려 있는 자기의 추

---

18) 남의 일인 양 모르는 체하는 모양
19) 뜻하지 아니한 때

체(醜體)를 깨닫자 놀란 듯이 팔딱 바로 일어서며 소리 내어 부르짖고 나서 헝클어진 머리를 쓰다듬으며, 입술을 비쭉 내밀어 승조를 한번 비웃어 주고는 제법 츨츨한[20] 발걸음으로 공중전화실을 획 나와 버렸다.

페이브먼트[21]에는 초여름의 따사로운 볕이 무르녹았고 오가는 사람들이 모두 희망에 날뛰는 듯, 보도에 부대끼는 구두 소리도 계절따라 경쾌하였다.

영옥은 우울해지려는 자신을 가누며 넋 없이 거닐다가 문득 남대문통 고-스톱에 걸려 발을 멈추고

"어디루 갈까……."

하고 고개를 수그리며 궁리해 보았다.

허나 어디 갈 만한 곳이 수월히 생각나지 않았다. 아무 동무네 집을 찾아가면 그만이긴 하지만 암만해도 오늘은 동무들과 어울려질 성싶지 않았다. 그렇다고 이대로 집으로 돌아가기는 죽기만치 싫었고 또 아버지께 놀다가 늦게야 간다고 했으니 역시 어디 놀러 가야겠는데……. 영옥은 갈 곳에 궁했다.

허긴 세 시에 다방 '삼림(森林)'에서 기다릴 테니 꼭 와달라던 신문 기자 조창건의 전화를 아까 학교에서 받고 그러마고 대답한 것을 벌써 잊어버린 것은 아니지만 승조에게서 실망을 느낀 지금의 영옥은 창건 따위 만나고 싶지 않

20) '씩씩하여 보기 좋다'는 뜻의 평안도, 함경도 방언
21) 인도, 보도

앗다.

이윽고 고-스톱의 빨강불이 파랑불로 바뀌었다.

영옥은 하여튼 건너가 놓고야 볼 일이라고 제법 바쁜 볼 일이나 있는 사람처럼 인파에 섞여 동대문행 전차의 뒤를 따라 네거리를 건너와서는 그대로 종로 방향으로 뚜벅뚜벅 걸어가며 어디루 갈까 하고 또 한 번 머릿속에 궁리해 보는 것이었으나, 오늘따라는 세상 사람이 모두 저를 버린 듯 영옥은 종시 갈 곳을 찾지 못한 채 조선은행 앞 광장에까지 이르자 문득 발을 멈추고 맞은편의 미즈꼬시[22]를 바라보았다.

'백화점에나 들러 볼까…….'

그러나 외톨이로 백화점을 싸돌아다닌다는 것도 역시 외로운 일이라 그도 그만두기로 하고, 또 몇 발걸음 걸어나가다가 문득 우편국 앞을 이리로 걸어오는 회색 양복 입은 청년의 걸음걸이가 꼭 승조의 걸음걸이임을 발견하자 영옥은 순간 저 모르게 가슴을 조이며 가로수 그늘에 몸을 숨기고 그 청년이 가까이 오기를 기다렸다. 그러나 마침내 그 청년이 승조가 아님을 알자, 영옥은 또 한 번 실망의 서글픔과 함께 상기껏 승조를 연모하고 있는 제 자신이 어이

---

22) 미츠코시백화점 경성 지점. 지금의 서울특별시에 세워진 최초의 백화점으로, 1906년 서울특별시 중구 충무로 1가에 일본인이 세운 미츠코시 오복점에서 시작되었다. 1929년 소규모 잡화점이던 미츠코시 오복점은 지점으로 승격되면서 본격적으로 백화점의 면모를 갖추었다. 독립 이후 동화백화점으로 상호가 바뀌었다가 1963년 삼성에 인수되었고, 지금의 신세계백화점이 되었다.

• 일제 강점기의 전차(송지헌 촬영)
• 미츠코시백화점 전경(서울역사아카이브)

없게도 딱하게 또 초라하게 여겨져 제물에 달음질치듯 정자옥[23])께로 휙휙 걸어 나가며

"세 시! 창건 씨를 만나자……."

저 들으란 듯이 소리 내어 중얼거리고 시계를 보니 벌써 세 시가 다 되었다.

영옥은 벌써 약속 시간이 한 시간이나 지났다고 알자[24]) 어째 불현듯 창건이가 만나고 싶었고, 오늘은 꼭 창건이밖에 만날 사람이 없는 것 같아 그를 오래 기다리게 했음을 민망히 여기며 진작 찾아가지 못한 것을 뉘우치기까지 하였다.

그래서 창황히[25]) 명치정[26]) 사 정목으로 접어들어 다시 다방 '삼송(森松)'[27]) 골목으로 꺾어 들려는데

"아! 영옥 씨 오래간만입니다."

하며 소프트[28])를 가벼이 들어 인사하는 것은 뜻밖에도 순경의 오랍동생이요 신진 시인인 순환이었다.

"아이! 안녕하세요?"

영옥은 순환에게 납신 허리를 굽혀 인사하며 보기 좋게

---

23) 정자옥백화점(丁子屋百貨店, 조지아백화점). 남대문통 2정목 123(현 중구 남대문로 2가)에 위치했다. 1867년에 창업하여 1921년 4월에 주식회사로 변경하였다. 자본금은 150만 엔이었으며, 당시 백화점으로서는 굴지의 존재였다.
24) 4시가 되어야 한 시간이 지난 것이므로, 이는 작가의 착오로 보인다.
25) 놀라거나 다급히어 이찌힐 바를 모르게
26) 지금의 명동
27) '삼림'의 오기인지, '삼송'이라는 또 다른 다방이 있는 것인지 알 수 없다.
28) 펠트 중절모

얼굴을 붉혔다.

"참, 누님이 댁에서 늘 폐를 끼치신다구요."

순환은 누이 순경을 대신하여 영옥에게 감사의 뜻을 표하였다.

"천만에 말씀을…… 도리어 저희가……."

그리고 둘은 잠깐 말이 끊긴 채 멍멍하니 서 있다가 순환이가

"어디 가시는 길입니까?"

하고 물었다.

"아뇨, 그저……."

영옥은 미처 대답에 궁해서 말끝을 흐려 버렸다.

허나 순환을 만난 순간 영옥은 '삼림'으로 창건을 찾아가던 마음은 감쪽같이 사라져 버리고 차라리 순환과 함께 거닐어 보고 싶은 오직 그 생각뿐이었다.

순환과는 두어 번밖에 사귄 일이 없지만 그에게는 어딘지 모르게 시인다운 고상한 기품이 숨어 있는 것같이 느껴졌던 것이었다.

"특별한 볼일 없으시거든 차나 마시죠."

순환과 영옥은 옆에 있는 '제일다방'으로 들어갔다. 차가 날라질 때까지 둘은 별반 말이 없었다. 순환은 담배만 퍼억퍽 피고 있었고, 영옥은 영옥이대로 순환과 승조를 맘속으로 비겨 보고 있었다.

승조의 온유하면서도 어딘지 모르게 매정한 성격에 비

겨 순환의 보드랍고 깨끗한—그러면서도 시인다운 예리한 센스를 보여 주는 성격!

영옥은 두 사람이 모두 세속 청년들과는 딴판인 뛰어난 청년이라고 느껴졌다.

이 두 사람에 겨누면 창건은 너무나 세상 때에 전, 나쁘게 말하자면 추근추근한 사람이라 하였다.

순환은 차가 날라와지자 한 모금 마시고 나서 생각난 듯이

"참, 승조 군이 오늘 올라오더군요."

하고 영옥을 마주 본다.

"네? 승조 씨가요?"

영옥은 별안간의 보고에 가슴이 덜컥 내려앉았다. 그리고 제 가슴속을 순환에게 엿보인 듯싶어 얼굴이 화끈 달아올랐다.

"네, 지금 제가 정거장으루 오는 길인데 바로 세 시 차로 내리더군요. 곧 댁으루 찾아간댔으니까 아마 지금쯤 갔을 겁니다."

순환의 말에 영옥은 금방 집으로 달려가고 싶은 충동을 불길같이 느꼈으나 그러나 충동이 심한 까닭으로 해서 영옥은 도리어 눌러앉았기로 하였다. 그리고 그는 그러한 감정을 순환에게 보이지 않으려고 연방 차를 마셨다.

"승조 군이 댁에 드나든 지두 아마 칠팔 년 되었죠?"

"네, 칠 년째래나 봐요."

영옥은 이렇게 대답하면서도 순환의 묻는 뜻이 어디 있는가를 생각해 보았다.

"칠 년…… 꽤 오래됐군……. 승조 군만큼 진실한 화가도 적을걸요."

"글쎄요……."

"온갖 예술 중에서 아마 회화가 제일 어려울 것 같습니다."

"왜요? 시도 마찬가지지요, 뭐."

영옥은 순환이가 시인이므로 시를 끄집어냈다.

"웬걸요! 시야 무엇을 느꼈다면 느낀 그대로를 기록했으면 되지만 회화는 느낀 것을 또 고대로 채색으루 나타내야 하니 결국 이중이 아닙니까. 그러니까 더 어려울 것 같드군요."

"글쎄요. 같겠죠, 뭐…… 어렵긴……."

"영옥 씬 음악과시라죠?"

"제…… 뭘 알아야죠."

하고 영옥은 대답과 함께 얼굴을 붉히며 순환을 마주 보다가 문득 그의 시선과 마주쳐 가슴이 찌르르함을 깨달으며 당황히 얼굴을 돌렸다.

둘은 또 말이 막혔다. 삼십 분 후에 거리로 나설 때까지 별로 기억에 남을 만한 말을 주고받지 못하였다. 그러나 영옥은 정작 순환과 헤어지게 되자, 문득 이제 집으로 가 승조를 만나느니 차라리 이대로 순환과 어디서 저녁이라도

먹으며 좀 더 기억에 남을 말을 듣고 싶었으나, 순환은 으레 헤어져야 할 것처럼

"댁으루 바루 가시죠? 전 책점에 좀 들렀다 가겠습니다."

하여, 영옥은 두말 못 하고 헤어지고 말았다. 그러나 헤어지고 보니 어째 되우[29] 아쉬웠고, 또 좀 더 긴히 해야 할 이야기가 있는 것을 잊어버린 것만 같아 몇 번이고 뒤를 돌아다보았으나, 순환은 벌써 어디론지 사라져 버리고 말았다.

"소슬바람[30] 같은 사나이! 아카시아 향기 같은 사나이!"

영옥은 입속으로 이렇게 외우고 나니 문득 어떤 가냘픈 향기가 제 몸에 숨어든 듯한 감격을 느끼는 것이었다.

허나 얼마를 걸어가다가, 문득 지금쯤 승조가 집에 와 있으리란 생각이 들자 영옥은 불현듯 초조증이 생겨 마악 떠나려는 전차에 부랴부랴 뛰어올랐다. 그러나 집에 다다랐을 때, 승조는 아버지와 함께 저녁 먹으러 외출하여 버렸고, 신문 기자 조창건의 속달[31]만이 영옥을 기다리고 있었다.

영옥은 또 한 번 솟구쳐 오르는 짜증을 부닥칠 데 없어 책상 위에 쓰러지듯 한참이나 엎드려 있다가 간신히 고개를 들어 창건의 속달을 읽기 시작하였다.

영옥 씨! 아! 나의 생명인 영옥 씨! 다방 '삼림'에서 세

---

29) 아주 몹시
30) 가을에 외롭고 쓸쓸한 느낌을 주며 부는 으스스한 바람
31) 특정 구역 안에서 보통 우편보다 빨리 보내 주는 우편

시간씩이나 기다리다가, 마지못해 지금 이 붓을 들었습니다. 오신다고 약속해 주셨으므로 꼭 오시려니만 믿었는데 종시 오시지 않으니 아 이 슬픔을 어떡해야 좋겠습니까? 그렇다고 제가 영옥 씰 원망하는 것은 절대로 아닙니다. 약속까지 해 주시고 못 오실 땐, 못 오시는 영옥 씨의 사정인들 오죽했으랴 생각하니 제가 겨우 세 시간쯤 기다린 걸 영옥 씨께 알리는 것조차 죄송스럽습니다. 영옥 씰 위하여서라면 세 시간은커녕 삼 년—아니 삼십 년인들 못 기다릴 제가 아님을 믿어 주시기 바랍니다.

영옥 씨에게 생명까지를 바치려는 제게 세 시간쯤의 시간이 무슨 문제이겠습니까?

사랑하는 영옥 씨!

저는 외람되게 오늘의 약속을 내일로 연기하신 줄로 믿사옵고 내일도 오늘의 시간, 오늘의 장소에서 영옥 씰 기다리겠사오니 행여 잊지 말아 주시기를 바라옵니다.

오후 6시 삼림에서 조창건 올림

다 읽고 나서 영옥은 저 모르게 방그레 웃었다. 얼치기 갈보나 나까이[32]도 잘 안 속아 넘어갈 천박한 문투건만 그러나 순정의 처녀 영옥에게는 구절구절이 폐부를 찌르는 듯하였다. 더구나 만나기 싫어서 가지 않았는데 "약속까지

32) なかい(仲居). 요릿집이나 유곽에서 손님을 응대하는 하녀

해 주시고 못 오실 땐 못 오시는 영옥 씨의 사정인들 오죽
했으랴"한 문구를 읽고는 영옥은 과히 양심이 괴롭기도 하
였다.

"세 시간은커녕 삼 년—아니 삼십 년 삼백 년이라도 못
기다릴 제가……."

영옥은 그 구절을 한 번 더 읽어 보며 기쁨을 참을 수 없
어 혼자 생글하니 웃었다. 그러나 다음 순간에 승조를 생
각하자 영옥은 저 모르게 마음이 어두워졌다.

"승조 씨…… 승조 씨가 창건 씨처럼 사랑해 주신다면……."

5 — '금단(禁斷)'과 '동경(憧憬)'

이튿날 승조는 열한 시도 채 못 되어 노화백을 찾아왔
다. 오늘부터 순경을 모델로 하고 그림을 그릴 것을 생각
하면 암만해도 흥분을 억누를 수 없었던 것이다. 더구나 십
년이나 화필을 놓았던 선생과 함께, 한 모델을 놓고 그린
다고 생각하니 말할 수 없는 기쁨과 무거운 책임감이 느껴
지기까지 하였다. 승조가 선생과 더불어 이렇게 그림을 함
께 그려 보기는 이번이 처음이었던 것이다.

"이번은— 이번에는—"

승조는 이번에는 한번 그림다운 그림을 그려 보리라고
몇 번이고 맘속으로 다지는 것이다. 그래야만 순경에 대한

보답도, 선생에게 대한 보답도 될 것만 같이 느껴졌다.

"자네 화군 위층에 다 있지?"

"네, 오늘부터 곧 시작하시렵니까?"

"오늘은 포즈를 잡아야지……. 난 앞날이 머잖아서 허—"

하고 노화백은 쓸쓸히 웃을 뿐이었으나 승조는 그 말에 가슴을 푹 찔린 듯한 아픔을 느끼지 않을 수 없었다. 선생을 잃어버린다는 것은 승조에게는 친부모를 잃어버리는 일보다도 더 쓰라릴 것 같았던 것이다.

"몇 호짜리루 그리려나?"

"글쎄올시다. 오십 호33)면 어떨까요?"

"오십 호? 좋지! 그리구 제혼?"

"제호요?"

"그래, 제호 말일세."

"글쎄올시다."

"자네, 제홀 정했나?"

"어젯밤에 좀 궁리해봤습니다만……."

승조는 어젯밤에 사실 제호 때문에 거의 밤을 새다시피 하였다. 순경을 모델로 하고 그리는 그림—그 그림은 제호부터도 순경의 인격답게 깨끗해야 할 것만 같았던 것이다.

"난 '금단(禁斷)'이라 붙일까 하네!"

노화백이 먼저 말한다.

33) 캔버스는 인물형, 풍경형, 해경형, 정방형 등으로 나뉘어 상세 사이즈에 차이가 있다. 이 작품에서 다루는 50호 인물형 캔버스의 사이즈는 116.8×91.0센티미터다.

"금단은?"

"그래, 금단이라구……."

하고 노화백은 마도로스파이프를 깊이 물며 눈을 고즈넉이 감는다.

금단!

그 두 글자를 찾으려고 어젯밤 노화백도 잠을 이루지 못하였다. 그림의 제호 같은 것, 아무래도 상관없을 듯싶으면서도 제호에 따라 내용에 커다란 영향을 받는 것은 부인할 수 없는 사실이었다.

얼음같이 차고 성모처럼 거룩해 보이는 순경의 행동, 더구나 순경은 진실한 가톨릭 신자라고 알자부터 노화백은 어쩐지 누구나 순경을 침범할 수 없으리란 인상을 받았던 것이다. 그리하여 마침내 '금단'이란 두 자를 발견해 냈고, 정작 붙여 놓고 보니 노화백에게는 또 딴 의미에서 그 제호가 꼭 들어맞았던 것이다.

아내를 그린다는 그림이 순경을 그렸다는 그 사실을 단순한 착각이라면 착각이랄 수도 있지만, 그보다도 노화백은 무의식중에 순경을 연모하고 있었던 것이나 아니었던가? 그건 노화백도 명백히 부인할 수 없었고 또 부인할 수 없다는 괴로움에 그는 몇 번이고 자기의 나이와 순경의 처지와를 생각해 보며 스스로 참회치 않을 수 없었던 것이다.

그리하여 늙은 자기의 마음에 손톱만치라도 그런 객쩍은 생각이 일어날 것을 스스로 경계하는 의미에서도 금단이라 붙이기로 하였다.

"금단! 퍽 좋은데요!"

승조는 한참 만에 또 한 번 감탄이다.

"자네도 좋은 걸 생각해 냈겠지?"

"전 '동경(憧憬)'이라 할까 합니다만—"

"동경?"

"네."

"동경? 동경…… 좋은데……."

노화백은 담배를 깊이 빨아서는 한숨 비슷이 후— 내뿜는다.

동경과 금단!

그럴 법한 제호였다. 순경이가 노화백에게는 '금단'의 구역이라면, 승조에게는 틀림없는 '동경'의 세계가 아닐 것이냐? 노화백이 순경을 청교도[34]의 태도로 대하지 않을 수 없듯이 승조는 그를 몽상의 맘씨로 바라보지 않을 수 없을 것이다.

'성격 차이일까?'

노화백은 속살로 그렇게 궁리해 보다가 고개를 좌우로 흔들었다.

'성격의 소치가 아니라 나이의 관계다.'

---

34) 16세기 후반, 영국 국교회에 반항하여 생긴 개신교의 한 교파. 칼뱅주의를 바탕으로 모든 쾌락을 죄악시하고 사치와 성직자의 권위를 배격했으며, 철저한 금욕주의를 주장했다.

노화백은 이렇게 믿었다.

칠십 넘은 늙은이와 삼십 전의 젊은 혈기!

역시 예술도 나이를 초월할 수는 없는 모양이라고 알자 노화백은 속절없이 마음이 서글펐다. 무어 순경을 빼앗긴 듯한 질투심에서가 아니라 '정열을 잃어버린 예술가'란 의미에서였다. 대체 정열을 잃어버린 예술가도 예술가일 수 있을까?

노화백은 스스로 묻고 잠시 대답에 궁했다가 이내 화기가 충만한 얼굴을 번쩍 들었다.

'아내를 그린다는 그림으로 순경을 그렸던 일, 어젯밤에도 순경의 인상을 씻어 버리려고 무척 애썼던 일—그 모든 것이 정열의 표현이 아니고 무엇이냐, 나는 자못 정열을 순화했을 따름이다. '금단'이란 수단으로 정열을 현실에서 초현실로 치켜 올렸을 따름이다. 고쳐 말하자면 생활을 예술의 경지에까지 향상시켰을 따름이다.'

노화백은 스스로 이렇게 변명하고 나서 승조를 마주 보았다. 승조도 무슨 생각에 깜짝 저로 돌아온 듯 당황한 시선을 처리하기에 곤란해하다가

"순경 씬 몇 시에 오십니까?"

하고 묻는다.

"한 시 반— 한 시 반이면 오지."

노화백과 승조는 약속이나 한 듯 꼭 같이 시계를 쳐다본다. 그리고 나서 승조는 문득 생각난 듯

"참, 순경 씨가 제게도 모델이 되어 주시겠는지요?"

하고, 통 생각지도 않았던 새로운 사실에 적잖이 불안을 느낀다.

일단 그런 생각이 들고 보니, 승조는 지금까지 혼자 좋아라고 날뛰고 있었던 제가 어처구니없이 경박했음을 뼈아프게 뉘우친다.

"그야 들어줄 테지."

하는 선생의 말에 승조는 다시,

"글쎄요……."

"자넨 전부터 안다면서?"

"네, 알긴 압니다만……."

"들어줄 걸세. 예술을 퍽 이해하는 분이니까."

"글쎄요."

승조는 불현듯 가슴이 답답해졌다.

'만약 거절을 당한다면 어쩔까? 설마가…….'

승조는 깊은 구렁에 빠져서 솟아나려고 사족을 헤치는 사람처럼 맘속으로 혼자 안달복달하였다.

6 — 마음에 포즈

이윽고 노화백과 승조가 아틀리에로 올라가서 이것저것 화구를 정리하고 있는데 시간 맞춰 순경의 노크 소리가 들려왔다.

노화백과 승조는 둘이 다 노크 소리에 깜짝 놀란 듯 일손을 멈추고 꼭 같이 도어를 바라보았다.

"들어오시오."

노화백이 정중히 말하자, 도어를 살며시 열고 순경은 고요히 들어서더니 언제나처럼 벽에 걸린 「최후의 만찬」을 향하여 가슴에 십자가를 긋고 나서, 노화백에게 공손히 허리를 굽혔다.

그리고 고개를 들다가 문득 방 안에 승조를 발견하여 잠깐 놀라는 빛을 띠더니 이내 표정을 숨기고

"아, 최 선생님! 오래간만이에요!"

하며 또 한 번 허리를 굽힌다.

"오래간만입니다. 안녕하셨습니까?"

승조도 한 발걸음 나서며 인사를 하였다.

순경은 인사를 마치고 한편 구석으로 걸어가 핸드백을 놓고 이리로 돌아선다.

"이번엔 선생님의 모델이 되어 주셨다구요?"

승조가 먼저 말을 헐었다.

"네, 외람되게……."

순경은 들릴락 말락 한 음성으로 대답하며 고개를 수그린다. 작년 가을 안양에서 화구를 둘러멘 승조외 처음 만났던 장면이 번개처럼 순경의 머리를 스쳤던 것이다.

"어젠 정거장에서 순환 군을 만났었죠."

"네, 그러셔요?"

그리고 잠깐 말이 끊긴 후였다.

"그런데 참 순경 씨께 한 가지 미안한 일이 있소."

하고 노화백이 순경을 마주 보며 말한다.

"⋯⋯?"

"다름 아니라 여지껏 그려 오던 것은 여러 가지 사정으로 더 그릴 수 없이 되어서 새루 하나 그려 볼까 하오. 그래 너무 염치없는 부탁이오만 이번까지 모델로 수고를 해 주셨으면 하오. 그리구 이번엔 승조 군도 함께 그리자구 내가 간청했으니 그 점까지 양해해 주신다면 고맙겠소."

노화백은 마치 감정을 뽑아 버린 사람처럼 무감동한 어조로 말하였다.

순경은 영문을 몰라, 잠깐 어리둥절하였다. 얼굴에는 심히 곤란한 표정이 충만하다.

'웬일일까? 그림이 잘못되었다면 혹시 모델의 탓이나 아닐까?'

순경은 또 한 번 모델 노릇이 퍽 어려운 일임을 깨닫는다. 순경은 차라리 모델 노릇을 거절하는 것이 노화백을 위하여 옳은 일이 아닐까도 하였다. 그러나 애초부터 모델이 되고자 하여 된 것이 아니라 노화백이 모델 기근으로 필생의 작품을 못 그리고 있다는 말을 동무에게서 듣고 조금이라도 그의 예술에 도움이 될까 하는 생각에서 자진하여 모델이 된 것이 아니었던가?

순경은 제가 모델이 된 동기와 지금 노화백의 부탁을 함께 생각할 때 도저히 거절할 용기가 나지 못하였다. 거진 다 완성된 그림을 내버리고 새로 시작한다는 것도 오직 노화백의 예술적 양심이 굳센 증거가 아니고 무엇이랴! 그러나 이번엔 승조의 모델까지 되어 달라는 데는 순경은 적이 혼란하였다. 무어 연령을 따지자는 것은 아니지만 노화백의 모델 노릇을 하는 것과 승조의 모델이 되는 것과는 스스로 기분이 다를 것같이 느껴졌던 것이다.

"저만은 그만두어두 좋습니다."

순경의 미묘한 심리를 알았음인지, 승조는 한참 있다가 순경에게 이런 말을 하여,

"아니, 좋아요! 최 선생님두 그리세요."

하고 순경은 당황히 승낙한다.

승조를 의심하거나 한 것은 아니지만, 어째 그렇게만 여기는 것 같아 순경은 미안하기 짝이 없었다. 그리하여 순경은 순간에 굳은 결심을 다졌다.

'예술! 나 같은 것이 저분들의 예술에 다소라도 도움이 된다면 그만이 아니냐!'

순경은 이렇게 속으로 부르짖었다.

"고맙습니다."

"고마우오."

노화백과 승조는 꼭 같이 감사의 뜻을 표하여, 순경은 잠시 대답할 바를 몰랐다.

사실이지 승조는 천하를 얻은 듯이 반가웠다. 작년 가을부터 가슴 깊이 아로새겨져 때때로 머리에 떠오르곤 하던 순경이가 아니었던가?

이제 실지로 그를 모델로 하고 그림을 그리게 되었다고 하니 어째 모두가 꿈인 것만 같으면서도 이번에야말로 모든 정열과 기술을 다하여 후세에 남길 만한 그림을 제작하리라고 몇 번이고 맘속으로 다졌다.

그러나 노화백에게도 승조보다 못지않은 감격이 있었다.

최후로 그리는 이 그림—칠십 평생의 화가로서의 마지막 그림을 그리는 것이라고 생각하면 노화백의 가슴속에서는 무엇인가 수물거리는[35] 것이 있었다. 결국 화가로서의 총결산이 이 한 폭의 성(成), 불성(不成)에 달린 셈이었다.

그뿐 아니라, 이 그림을 완성시키는 것이 또 순경에게 대한 면목이기도 하다고 고요히 순경을 바라보는 노화백의 눈에는 뜨거운 눈물이 맺혀 있었다.

순경은 조용히 일어서 옷을 차근차근 벗고는 조금치도 망설이는 일 없이 서슴지 않고 모델대로 가서 포즈를 정해 주기를 기다린다.

"선생님! 포즈를 잡으시지요."

승조는 노화백을 쳐다보았다.

"자네가 정하게."

"선생님이 정하세요!"

35) 간질간질, 아른거림을 뜻하는 '사물거리다'의 경상북도 방언

70

"웬걸 자네가 정하게."

그리고 노화백은 입을 굳게 다물고 물끄러미 순경의 서 있는 나체만을 쏘아보고 있었다. 승조는 마지못하여 모델대 가까이 가서 순경을 쳐다보았다. 그리고 눈이 부실 듯한 순경의 육체미에 새삼스레 놀랐다. 승조는 지금껏 수백의 나체를 보아 왔지만 순경이처럼 째인 몸을 본 기억이 없었다.

금방 피려는 꽃봉오리처럼 보동보동 부르튼 두 개의 젖무덤이며, 은실 같은 곡선을 그으면서 뽑은 듯이 미끈하게 내리뻗은 허리며, 능동적인 선과 선을 뚜렷이 그리면서 '힘'을 상징하는 듯이 땅 위에 버티고 섰는 두 다리며가 모두 승조에게는 황홀한 아름다움이었다.

관능적인 아름다움이 아니라 회화적인 아름다움이요, 물체적인 아름다움이 아니라 약동하는 생명의 아름다움이었다.

승조는 시방 순경의 앞가슴에서 뛰노는 심장의 고동을 듣는 것만 같았다. 그는 화가라는 자기 직업에 오늘처럼 행복을 느껴 본 적이 일찍이 없었다.

승조는 모델대 위에 순경을 앉혀 보았다.

그리고 이모저모로 바라보았으나, 어쩐지 모르게 맘에 들지 않아 이번에는 눕혀 보았다. 그래도 불만이었다. 그래 모로도 눕혀 보고 바로도 눕혀 보고 하였으나 역시 맘에 맞깝지36) 않았다. 암만해도 '동경'하는 포즈는 아니었던

36) 마음에 들다.

까닭이었다.

그리하여 한 시간 넘어 애쓴 후에, 순경을 침대 위에 반만큼 모로 눕히고 고개를 들어 먼 하늘을 우러러보도록 하였다. 그리고 한참이나 멀리서 혹은 가까이서 그 포즈를 감상하고 난 승조는 마침내 자신만만한 얼굴을 들어

"선생님! 저 포즈면 어떻습니까?"

하고 노화백에게 묻는다.

암말 없이 담배만 퍼억퍽 피며 승조와 순경의 일거일동을 유념이 지키고 있던 노화백은 승조의 돌연한 물음에 잠깐은 들은 척 만 척하고 순경만 바라보고 있다가

"좋아!"

하고 만족의 고개를 무겁게 끄덕인다.

포즈 잡는 것으로 보아 승조도 벌써 화가로서의 일가를 이룬 것을 알아본 까닭이었다.

"그럼 내일부터 이 포즈루 그리겠습니다. 오늘은 그만 허구⋯⋯. 욕보셨습니다."

하고 순경에게 말하자, 순경은 다시 한번 제 몸의 자세와 위치를 찬찬히 확인해 보고는 고요히 일어나 옷을 입는다. 마침 아래층에서 전화종이 요란히 울려, 노화백은 얼른 일어서 아래층으로 내려왔다. 승조는 순경이가 옷을 다 입기를 기다려

"욕보셨습니다. 모델 노릇도 그리 수월한 일은 아닌걸요."

하고 빙그레 웃으며 테이블 겯 안락의자에 가 앉았다.

"모델 노릇을 하재두 회화에 대한 지식이 풍부해야 하는가 봐요."

순경은 옷고름을 다 매고 핸드백을 집어 들었다.

"회화의 지식이 풍부하면 그리는 사람에겐 퍽 도움이 되지만 어디 그런 분이 쉬울라구요……. 이리 좀 앉으시죠."

"네."

순경은 승조의 맞은편 의자에 가 앉으며

"모델로서 필요한 지식을 좀 아르켜 주세요."

하고 말하였다.

"글쎄올시다. 막상 물으시니까 당장 대답하기가 퍽 어려운걸요."

"기초 지식이래두 아르켜 주셔요."

순경은 어떻게 해야 좀 더 보람 있는 모델 노릇을 할 수 있을까 하는 욕망이 맹렬하였다.

"글쎄요. 어려운 대답인걸요……. 우선 화가가 그리고자 하는 요령을 해득해서 모델 자신이 표정으로 그 기분을 나타내도록 하는 것이 필요하겠죠. 가령 화가가 '슬픔'을 그리겠다고 생각했다면 모델도 슬픔에 잠겨져 버려야겠죠."

"네, 알겠어요……. 또요."

"그다음은……."

하고 다음 말을 이으려는데 도어가 딜컥 열리더니

"최 선생님!"

하고 경쾌한 목소리로 부르면서 영옥이가 나타났다.

"아, 영옥 씨!"

승조는 벌떡 일어서며 싱글 웃어 보였다.

"아이! 지금 학교에서 오세요?"

순경도 영옥에게 정답게 인사한다.

"아유, 순경 언니두 오시구! 최 선생님 어제 오셨다죠?"

영옥은 이렇게 인사했으나, 승조와 순경이가 단둘이 마주 앉았던 뜻하지 않은 광경에 가슴이 담금질이라도 겪는 듯 눈앞이 캄캄해지는 것이었다.

"네, 어제 왔습니다. 어제는 늦도록 안 돌아오시드군요."

"놀러 갔댔어요. 동무들허구."

하고 대답하면서도 영옥의 얼굴은 절로 발개졌다. 순환을 생각해 냈던 까닭이었다.

"오늘은 일찍 오셨군요!"

"네, 좀 일찍 왔어요……."

영옥은 승조를 만나려고 교수를 두 시간이나 까먹고 일찍 달려왔다고 말해 버리고 싶었다. 그러나 승조와 순경의 이 꼴을 볼 줄 알았다면 차라리 오지 않았던 편이 나았는걸 하고 영옥은 맘속으로 후회가 났다. 아니 차라리 조창건을 만나러 갔다면 얼마나 좋았을까?

영옥은 자세를 바로 유지하기조차 어려울 정도로 마음이 어지러웠다.

'순경과 승조는 지금껏 무슨 얘길 속삭이고 있었을까. 그들은 참말 어떤 사이일까. 설마 서로 사랑하는 사이는

아니겠지?'

그러나 아까 이 방에 썩 들어서는 순간 제 눈으로 또렷이 본 순경과 승조와의 친밀해 보이던 광경만은 암만 지워버리려야 영옥의 망막에서 좀체 사라지지 않았다.

"아버지 어디 가셨어요?"

참말 아버지는 어디 가시고 이렇게 그들에게 단둘만의 기회를 준 것일까? 영옥은 아버지까지 원망스러웠다.

"아래층에 전화받으시러 내려가셨어요."

"전화받으시러요?"

'전화 또 웬 전화가 그렇게 공교롭게 왔을까.'

영옥은 어떤 위대한 힘이 저를 자꾸 몰아 쫓고 승조를 순경에게로 인도하는 것만 같이 느껴졌다.

영옥은 살며시 승조를 쳐다보았다. 그러나 승조는 마주 보아 주기는커녕 멀거니 바깥만 내다보고 있다.

'한 달 동안! 아! 한 달 동안 나는 뭣 때문에 누구를 믿고 날구일 편지질을 했던 것일까? 한 달 동안을 몸이 닳도록 기다리다 기다리다 만난 정작의 순간이 이렇게 싱거운 장면밖에 아니던가?'

영옥은 생각할수록 가슴이 매어지는 듯하다. 그래 이번엔 순경을 쳐다보니 순간 그는 영옥의 시선에 무슨 암시나 빚은 듯 고즈넉이 일이시며

"참, 전, 그만 실례하겠어요."

하고 영옥을 보고 정답게 웃는다. 그러나 순경의 그 웃

는 얼굴이 몹시도 예쁘고 상냥하게 보여, 영옥은 잠시 저를 잊어버리고 황홀하니 순경을 쳐다볼 뿐이다가 이내

'어쩌면 저렇게 예쁠까? 나두 한번 저렇게 생겨 봤으면……'

그리고 다시

'내가 사내라두 반하고야 말걸……'

이렇게 생각하며, 영옥은 또 한 번 구해 낼 수 없는 절망의 구렁 속에 빠져 버리는 것이었다.

3회

경개(梗槪)

칠십의 고개를 넘은 추강 화백은 어여쁜 미망인이요 또 진실한 가톨릭교도인 김순경이란 여자를 모델로 십년 전에 죽은 아내의 환상을 그리는 동안에 저 모르게 순경에게 애정을 느꼈다. 그러나 순경은 노화백의 사랑하는 제자 최승조가 홀로 연모하여 오는 여자였다. 승조가 시골 내려가 있는 동안에 노화백의 외딸 순정의 처녀 영옥은 날마다 승조에게 구애의 편지를 띄웠으나 승조는 별로 이렇다 할 회답이 없어 영옥은 화나는 김에 신문기자 조창건을 찾아가다가 뜻밖에 순경의 오라비 신진 시인인 순환을 만나서 그에게서 소슬바람 같은 인상을 얻고 집에 돌아오니 아버지의 화실에는 순경과 승조가 은밀하게 마주 앉아 있다가 순경은 영옥을 보고 놀라 돌아가 버렸다.

7 — 좁은 문

승조와 영옥은 순경을 현관까지 바래다주고는 다시 응접실로 돌아와 마주 앉았으나 잠시는 아무도 말이 없었다.

영옥은 설레는 심정만을 가까스로 짓누를 수는 있었으나 순경과 승조의 마주 앉아 있던 광경이 자꾸만 눈앞에 떠오르는 것은 어찌할 도리가 없었다. 더구나 조금 전에 본 순경의 그 아름답던 얼굴, 그 얼굴에 비기면 자기의 얼굴은 모진 짐승의 낯짝같이 추하게 여겨졌다.

'왜 순경이처럼 못 생겨 먹었을까?'

영옥은 승조 앞에 낯을 들고 있기조차 거북하였다. 그러면서도 승조가 그리워지는 제 심사가 도리어 야속하였다.

'그래두 조창건 썬 날 그렇게나 그리워하던데⋯⋯.'

하니 한결 마음이 진정되긴 했으나 창건의 눈과 승조의 눈과는 심미(審美)의 수준이 다르다고 생각되어 머리는 그대로 어지러웠다.

한편 승조는 제법 유유히 담배를 부쳐 물긴 하면서도 속으로는 느닷없이 순경과 영옥을 저울질하고 있었다.

첫인상부터가 코스모스처럼 청초한 순경, 비 오는 날의 성당 종소리에 감격되어 가톨릭교도가 된 후로는 오직 수녀나 진배없는 생활을 하고 있다는 순경, 그리고 모델 대우나 기리샤[37] 조각처럼 한구석도 빈틈없이 째인 육체를 가루 눕히고 있던 순경—뇌리에 아로새긴 듯이 신선하고 청아한 순경의 인상이었다.

순경에 비기면 영옥의 인상은 너무나 모호하다. 시클라멘[38]같이 갸륵한 영옥의 아름다움을 무턱대고 부인하려

37) 그리스의 일본식 발음

는 것은 아니지만 그러나 그 아름다움은 인공으로 만든 조화처럼 힘의 표현이 연약한 것이 맞갖지[39] 않았다.

순경을 한 떨기 들국화에 비긴다면 영옥은 온실에서 피운 한 송이 시클라멘에 해당한다고나 할까, 어쨌든 하나는 수난을 겪고 난 후의 굳센 이지의 아름다움이요 다른 하나는 폭풍을 모르고 자란 내약한 감정의 아름다움이라 하였다. 물론 순경은 이미 '미망인'이라는 한차례의 수난을 겪고 난 탓도 있겠지만…….

그러나 승조는 성화같이 연소되는 영옥의 정열을 생각하고 스스로 마음이 괴로웠다. 날구일 보내 주던 영옥의 편지에 변변한 회답조차 주지 못하였던 것이 새삼스럽게 민망하여

"참, 이번엔 편지 답장을 종종 드리지 못해서 미안합니다. 오래간만에 시골 갔드니만 이것저것 공연히 무사분주[40]해서……."

하고 변명 비슷이 말하였다.

영옥은 '편지'라는 말에 대뜸 얼굴이 붉어지며 순간 말할 수 없는 비애와 공허감을 한꺼번에 느꼈다.

그래 솟아오르는 눈물을 간신히 숨기고 나서

---

38) 앵초과에 속하는 약 15종(種)의 꽃 피는 여러해살이풀
39) 마음이나 입맛에 꼭 맞다.
40) 하는 일 없이 공연히 바쁘다.

• 시클라멘

"참, 다들 평안하셔요?"

하고 가만히 입을 열었다.

"네, 일 년 만인데 아버지 어머니는 놀랄 만큼 늙으셨던데요."

"그러세요. 퍽 반가워하셨겠어요."

"어머니 말씀이 그림은 그만 집어치구 어서 집에 와서 수가를 하라시는 걸요."

하고 승조는 빙그레 웃었다. '수가'라는 말속에는 '장가 가라'는 뜻도 들어 있었던 까닭이었다.

"어머님이야 안 그러실라구요. 그래 뭐라셨어요?"

"몇 해만 더 기다리시라구 그랬죠."

"몇 해 후엔 정말 시골로 내려가셔요?"

하고 영옥은 순간 보지도 못한 시골을 머릿속에 그려 보며 위대한 자연의 품에 승조와 자기 자신을 배치한 풍경을 상상하고 얼굴이 붉어진다.

"글쎄요. 어떻게 될지."

승조는 추강 화백이 앉아 계시는 동안은 절대로 어디로 든 떠나지 않을 결심을 맘속으로 다진다. 그러고 나서

"이번엔 참 그림다운 그림을 그려 봐야겠는데─"

하고 또 한 번 순경을 생각해 본다.

"무엇 또 그리셔요?"

"네, 내일부터 선생님과 함께 순경 씰 모델로 하고 그리기루 했지요."

"네? 순경 언닐 모델루 하시구요?"

펄쩍 놀라는 영옥의 얼굴은 순간 피를 죄다 뽑아 버린 듯이 핼쑥해진다. 순경을 모델로 한다는 말은 영옥에게는 그야말로 청천벽력이었던 것이다.

"선생님이 함께 그려 보시자구 해서……."

승조는 영옥의 표정을 살피자 민망함을 참지 못하여 발뺌을 하는 것이었으나 전혀 영옥의 귀에는 담겨지지 않았다.

'순경을 모델루 허구…….'

승조 앞에 벌거벗고 누워 있을 순경을 상상하자 영옥은 순경이가 그지없이 천하게 여겨졌다. 매소부[41]와 다름이 뭐냐구 속살로 부르짖어도 보았다.

'순경이두 순경이지, 고렇게 얌전해 뵈든 게……. 아무렴 어떻게 젊은 사내 앞에서 벌거숭이가 된담!'

그러나 영옥은 순경을 그렇게 축박으면서도 속살로는 순경의 처지가 알뜰히 부러웠고 부러움을 인식하는 순간 순경을 능멸했던 것은 오직 질투심에서 나온 발악에 지나지 않았던 것을 깨달아 가슴은 미어지는 듯이 쓰라렸다.

영옥은 아버지가 원망스러웠다. 설사 승조가 그런 맘을 품더라도 아버지가 가늠했으면 될 일이 아니었던가.

영옥은 아까 상냥하게 웃던 순경의 얼굴을 머릿속에 또 한 번 불러 본다. 그리고 모델대 위에 고요히 누워 있을 순경과 나체의 구석구석을 정열에 타오르는 눈으로 황홀하

41) 매음녀

니 바라보고 섰을 승조를 상상으로 그려 보다가 제물에 정신이 아찔하여 하마터면 까무러칠 뻔하였다. 혼란된 시간이 십 분 넘어 지난 후에 영옥은 퍼뜩 '좁은 문으로 들어가기를 힘쓰라! 내가 진실로 너희에게 이르나니 힘써도 들어가지 못하는 자가 많으니라'한 성경의 한 구절이 이상하게도 떠올랐다.

'그렇다! 확실히 좁은 문이다. 힘써도 들어가지 못하는 자가 많다는 좁은 문인데 나는 대체 무슨 힘을 썼든가?'

영옥은 불현듯 순경을 시기했던 제가 미웠다. 순경을 시기하고 승조를 탐하고 할 것이 아니라 오직 스스로 좁은 문이 열리도록 힘을 쓸 것이 아닌가.

정성을 다하여 마음을 다하여 승조에게 섬긴다면 문은 저절로 열릴 것이다.

그렇게 생각하니 영옥은 한결 마음이 가벼워져서 한참 후에는

"이번엔 걸작을 내시도록 힘쓰세요."

하고 제법 승조에게 격려의 말조차 건네 보았다.

"고맙습니다. 힘은 써 보겠습니다만—"

승조는 영옥의 얼굴이 부드러워진 데 원기를 얻은 듯 빙그레 웃는다. 사실 승조는 영옥과 대해 앉았기가 거북했다.

저만은 친누이동생처럼 여기는데 영옥은 그렇게 단순한 감정으로만 대하지 않으니 영옥의 순정을 무시하기도 딱했고 그렇다고 애인으로 대할 기분은 통이 생기지 않았다.

물론 처음부터 제 태도를 선명히 가지는 것이 훗날을 위하여 좋으리라고 궁리는 하면서도 지금껏 우유부단해 온 것은 역시 승조의 성격이라 어찌하는 수 없었던 것이다.

"아부지두 함께 그리신다죠?"

"네!"

"참, 아부진 어디 가셨을까?"

영옥은 비로소 아버지 없는 것을 깨닫고 아미를 찌푸린다.

"글쎄올시다. 서재에 계신 게죠."

하자 영옥은 발칵 일어서며

"저 보고 올게요."

승조도 영옥의 뒤를 따라 일어섰다.

둘이는 서재로 들어가니 노화백은 테이블 위에 책을 놓은 대로 읽지는 않고 깊은 명상에 잠긴 듯이 멀거니 앉아 있었다.

"아부지, 내일부터 새 그림을 그리신다죠?"

영옥은 쪼르르 노화백의 곁으로 달려가 팔을 붙잡는다.

"그래!"

"그럼 오늘 먼저 축하 선물루 한턱허세요."[42]

"그러자꾸나. 멀루 내라냐?"

"승조 씨두 오시구 했는데 저녁 한턱 쓰세요!"

"허허허, 기껏 부른다는 게 저녁이냐?"

---

42) 원문에는 "마에 이와이루 한턱 허세요."로 쓰였다. '이와이(祝)'는 축하 행사 또는 축하 선물을 뜻함.

노화백이 파안일소하자 승조도 따라 웃었다. 매사에 서리같이 엄격한 노화백도 어린 딸에게는 호호야(好好爺)[43]인 것이 퍽 우스웠던 것이다.

"저녁두 저녁 나름이죠! 정식으루 말예요. 뭐 비빔밥으룬 줄 아세요?"

"그래 아무렇게나……. 그런데 말이다. 난 인제 누가 찾아온다고 해서 나갈 새 없으니 둘이 갔다 오렴. 아, 내가 돈만 내면 그만 아니냐?"

"싫어! 아부지두 가셔야지!"

영옥은 몸부림은 치면서도 내속으론 은근히 좋았다. 무어 아버지를 꺼릴 것은 없지만 역시 단둘만은 못했던 것이다.

"글쎄, 난 시간이 없구나."

"그럼 아부지 몫의 저녁 값두 줘야 해요!"

"허허허, 이런……. 그래라 그래!"

그리고 십 원 한 장을 영옥에게 내주면서 승조에게 향하여

"둘이 다녀오게……. 영옥이가 한턱 쓰겠다네."

하고 양미간에 굵다란 구김살을 지어 웃는다.

승조와 영옥은 서재를 물러났다. 둘이 어깨를 나란히 하고 걸어 나가는 뒷모양을 만족의 낯으로 이윽히 바라보고 앉았던 노화백은 득의의 고개를 두어 번 끄덕이다가 문득 무엇을 생긱 했음인지 머리를 돌러 허공을 바라볼 때 그의 얼굴에 이미 웃음은 거두어지고 담담한 구름만이 떠돌고

43) 인품이 훌륭한 늙은이

있었다.

'승조와 순경—그들은 대체 어떤 사이일까?'

'회고의 여자' 속의 순경을 이상한 충동의 눈초리로 쏘아 든 승조, 이상한 충동의 모델대 위의 순경을 감격의 시선으로 견주어 보고 섰던 승조—암만해도 순경에 대한 승조의 감정이 범상치 않은 것 같았다. 만약 그것이 사실이라면 오매[44]로 승조를 잊지 못하는 듯싶은 영옥은 장차 어찌될 것인가. 딸의 다난할 앞날의 운명을 측은히 생각하는 것은, 동시에 노화백 자신에 대한 구슬픈 예감이기도 하였던 것이다.

8 ― '최후의 만찬'

승조와 영옥은 사직공원으로 빠져서는 야주개[45]로 광화문통께로 거닌다. 오후의 땡볕이 아스팔트에 반사되어 홧홧 달아올랐으나 영옥은 더위 같은 것은 알아챌 겨를도 없이 몇 번이고 살금살금 원피스의 옷맵시만 살피는 것이다.

영옥은 승조의 곁에 꼭 붙어 가지런히 거닐어 본다. 어째 겸연쩍고 남들이 흉보는 것만 같다. 뚝 떨어져 본다. 그러

44) 자나 깨나
45) 夜珠峴. 서울 신문로와 당주동 경계에 있던 고개. 경희궁의 정문인 홍화문 현판 글씨가 빛이 나서 밤에도 이 고개까지 비친다고 하여 붙여진 이름이다.

면 또 너무나 소원하게 여겨져 황황히 걸음을 재촉해서 승조의 곁으로 달려가곤 하는 것이었다.

그렇게 떨어졌다 붙었다 하면서 광화문 네거리에 나서자 영옥은 잠깐 걸음을 멈추고

"어디루 가실까요?"

하고 승조를 쳐다보며 물었다.

"글쎄요. 전 얻어먹는 녀석이니까⋯⋯."

"아이구, 아서라! 대접을 받는 게지 왜 얻어 잡수신다구 그러세요?"

"그럼 대접받는 사람이 대접받을 장소까지 지정해야 됩니까?"

승조는 빙그레 웃었다.

"아니, 익살맞게⋯⋯. 난 몰라요!"

영옥은 웃음 반죽한 눈을 흘겨 보이고 팽그르르 돌아선다.

"어쨌든 전찰 타구 보죠."

마침 동대문행 전차가 와 닿았다.

"전찰 타면 어딜 가시게요?"

영옥은 반대의 의사를 표시하며 딱 멈춰 섰다. 단둘이 거니는 것이 얼마나 유쾌한 일인데 그 비좁은 전차 속에서 비비 꼬이며 시쿼한 땀내를 누가 맡겠냐는 것이다.

"걸어두 좋지만⋯⋯. 어디루 가잡니까?"

"본정46)으루 가요!"

영옥은 툭 뱉어 붙이고는 먼저 성큼성큼 조선일보사께로 걸어간다. 어디든 좋으니 승조는 좀 더 사내답게 저를 이끌고 돌아다녀 주지 않는 것이 불만이었던 것이다.

'모두가 사랑해 주지 않는 탓이다.'

하고 생각하니 마음은 좀 더 우울하여 뒤도 돌아다보지 않고 휙휙 걸어 나간다. 승조는 뒤로 따라오면서

"대접은 이렇게 해야 맛입니까?"

하고 말을 걸었다.

"한 거리 복판에 웅숭그리고 섰기가 망측스러우니까 그러죠!"

그제사 영옥은 발걸음을 늦추었다. 두 어깨가 나란해졌고 발걸음도 맞았다.

석양 햇살이 페이브먼트 위에 화창하게 흐르고 있다. 경쾌한 구두 소리가 새삼스럽게 마음을 달뜨게 한다.

영옥은 문득 이 길을 어디까지든 한정 없이 거닐어 보고 싶은 충동을 일으켰다.

"오래간만에 서울 거리를 거닐어 보는 것도 유쾌한 일인 걸요!"

"그래두 전 한적한 시골 거리를 한번 거닐어 보고 싶어요. 퍽 시적일 거야—"

"그 차림으루 시골길에 가시면 도깨비 나왔다구 야단법석일 텐데요."

46) 本町. 당시 서울 충무로의 지명. 옛 명동의 입구이자 가장 번화했던 곳이다.

• 1930년대 서울 남산에서 바라본 서울 시가(서울역사아카이브)

"아이, 망측해……. 참 시골서 이렇게 둘이 거닐면 퍽 흉들 보겠죠?"

"갈보나 기생으로 알 겝니다."

"호호호, 기생이 좀 좋아서요!"

영옥은 재치 있게 웃어넘기다가 문득 눈앞에 대한문이 바라보여

"우리 덕수궁에 들어가 볼까요?"

"시간이 다 됐을 텐데—"

시계를 보니 다섯 시가 다 되었다.

영옥은 약간 서운함을 느끼며 부청 앞 광장을 꿰뚫어 장곡천정[47] 거리로 접어들었다. 다방 플라타누[48] 앞에 왔을 때 영옥은 퍼뜩 지금쯤 조창건이가 삼림에서 상기도 저를 기다리고 있으리란 생각이 들어 속으로 엉큼 놀라며 저 모르게 발길을 뚝 멈추었다.

"왜 이러십니까?"

승조도 따라 멈춰 서며 영옥을 빤히 들여다보았다.

"아무것도 아니에요. 동무에게 책을 빌려준대구 잊어버린 것이 생각나서 그래요."

아무렇게나 꾸며 대며 다시 걸어 나가는 것이었으나 역

---

47) 長谷川町. 지금의 소공동. 1910년 간행된 병합기념 「대일본전도」의 「경성시가전도」에 따르면, '분호조후동(分戶曹后洞)'이라는 명칭을 갖고 있던 현 소공로에는 을사늑약 체결 당시 일본군 주차군사령관이었던 하세가와 요시미치(長谷川好道)의 이름을 딴 '장곡천정(長谷川町)'이라는 지명이 부여되었음을 확인할 수 있다.
48) plátano. 플라타너스

시 얼굴이 달아오름은 어찌할 수 없었다.

"약속을 그렇게 잘 잊어버려서야 되겠습니까?"

"꼭 오늘이라군 안 했는데요, 뭐."

하면서도 영옥은 승조의 말에 웬일인지 가슴속이 뭉클하였다.

'조창건과 왜 그런 약속을 하였느냐? 약속을 한 바엔 왜 만나 주지 않느냐?'

승조는 꼭 그렇게만 질책하는 것 같아 영옥은 낯을 들기조차 거북하였다. 승조가 시골 갔던 고새가 바빠서 창건을 만나려고 했던 제가 그지없이 뉘우쳐졌다. 어제도 세 시간이나 기다렸다는 창건이니까 오늘도 그만큼 기다릴 게 아닌가? 창건은 지금쯤 삼림의 어느 구석진 자리에 웅숭그리고[49] 앉아서 상기 나를 기다리고 있을 거라 하니, 영옥은 내심 적잖이 불안스러웠다. 헛물을 켠 홧김에 지금쯤 그는 본정통을 싸돌아다닐는지도 모를 일이라 혹시 그러한 창건과 딱 마주치기라도 한다면 어쩌나 하는 생각이 거기에 미치자 영옥은 불현듯 기가 찔리고 다리가 천근같이 무거웠다.

사실 꼭 그럴 것만 같아 차마 고개를 들어 좌우를 바라볼 기력조차 없어졌다.

"자, 인젠 어디루 가시삽니까?"

조선은행 앞에 다다르자 승조는 발을 멈춘다.

49) 춥거나 두려워 몸을 궁상맞게 몹시 웅그리다.

"글쎄요—"

영옥은 순간 저로 돌아와 어디로 갈까고 당황히 생각해 본다.

'기꾸야, 금강산, 본정그릴……'

본정통 좌우에 쭉 널려져 있던 식당 이름이 차례차례로 영옥의 머리에 떠올랐다. 그러나 본정통으로 갔다가는 창건을 만나는지 모른다는 겁을 집어먹자, 영옥은 잠깐 망설이며 어디로 가야 아늑할까고 궁리하다가 문득 바른편짝 건너편에 '청목당(靑木堂)'[50]이라고 높다랗게 걸려 있는 간판을 발견하고

"아오끼도루 가요. 네! 저 아오끼도루!"

하고 무슨 큰 구원이나 얻은 듯이 원기 있게 말하며 불안하던 가슴을 내리쓸었다.

참말 승조와 단둘이 만나는 데는 안성맞춤의 식당인 '아오끼도'를 왜 진작 생각해 내지 못했던가? 한 칸 한 칸씩 비둘기장처럼 짜여진 '아오끼도'의 의미 깊은 구조를 머릿속에 그려 보며 영옥은 조금 전과는 딴판으로 썩썩하게 광장을 가로 건너 째였다.

그리하여 즐거운 저녁을 마치고 다시 거리에 나섰을 때에는 이미 가로등에도 불이 켜져 있었다.

"본정에 안 들려 보시렵니까?"

---

50) 당시 경성에서 서양 식료품 직수입 매장과 아울러 서양식 식당으로 유명했던 곳. 식당 이름을 일본어로 '아오키도'라고 읽는다.

미츠꼬시 앞에 오자 승조가 말을 열었다.

"글쎄요……."

영옥은 들르고 싶은 맘은 간절하였으나 그러나 창건을 만나면 어쩔까 하여 망설이지 않을 수가 없었다. 하지만 영옥의 그러한 사정을 알 턱 없는 승조는

"잠깐 들려 보시죠. 오랫동안 떠나 있다 오니까 혼부라[51]두 해 보고 싶은걸요."

"글쎄요. 그럼, 잠깐 들렀다 가죠."

영옥은 순간에 다짐을 하였다. 설마 그렇게 공교롭게 창건을 만날 것이냐고 마음을 너그럽게 먹어는 보나, 기분은 역시 찌뿌듯했다. 본정 거리로 접어들자, 영옥은 절로 고개가 수그러지고 발이 변두리 길로만 치우쳐졌다. 그는 곁에 승조가 있다는 것조차 잊어버릴 지경이었다. 어째 보이는 사람마다가 저마다 창건이만 같았던 까닭이었다.

'무얼! 만나면 만났지. 겁낼 건 뭐람! 어제는 어제였었지만 오늘은 약속한 것두 아니구. 괜히 저 혼자 노닥거리는 걸 뭘…….'

가네보[52] 앞을 지났을 때 영옥은 제법 배짱을 돋우면서

---

51) 원문에는 '홈부라'로 쓰였으나, 당시 '본정(本町)으로 산보한다'는 뜻으로 사용되었던 '혼부라(本ぶら)'의 오기로 보인다. -ぶら는 '(번화가 따위를) 할 일 없이 걸어 다닌다'는 의미인데, 이 단어는 도쿄 번화가인 긴자 거리를 누비던 모던 보이와 모던 걸을 '긴부라(ぎんぶら)'로 불렀던 데서 유래했다. 당시 본정, 진고개 혼마치는 경성 최대의 번화가였다. 이 거리는 일본인뿐 아니라 조선인 상류층과 모던 보이, 모던 걸도 방문했는데 일대 카페와 식당, 서점을 산책하며 모던을 즐기던 이들을 '혼부라당(黨)'이라 부르기도 했다.

고개를 거들떠 휘칠하니 앞을 내다보았다.

조수처럼 밀려들고 밀려나는 인파, 인파, 인파! 저마다가 창건이 같으면서도 모두 창건이는 아니다. 영옥은 주체스런[53] 생각에 모처럼의 즐거운 시간을 보람 없이 보낸 것을 뉘우치고 새삼스럽게 승조 곁으로 다가가며 또 한 번 무심결로 앞을 내다보니 언제 어디서 튀어나왔는지 두어 간만큼 저만치서 대모테[54] 안경을 쓰고 껑충껑충 이리로 걸어오는 것은 틀림없는 창건이가 아닌가?

영옥은 가슴이 단박 철렁 내려앉았다. 기어코 올 것이 오고야 말았구나 하였다. 그만치나 예감을 느끼면서 채신머리없이 본정에 기신거린[55] 것이 불찰이라 하였다. 어디 구멍이라도 있으면 감쪽같이 숨어 버리고 싶었으나 그도 못한다니 콱 울고 싶었다.

창건은 어느새 영옥과 승조를 알아보고 순간 낯색이 과히 언짢았으나 이내 표정을 돌려 능글능글 능청맞은 웃음까지를 웃으며 마주 걸어오다가 그들 앞에 주춤하니 머물러 서기 바쁘게

"여— 영옥 씰 여기서야 만나 뵙겠군요."

그리고 이번엔 승조에게 향하여

---

52) 본정 일 정목 32번지에 있었던 '가네보 서비스스테이션'을 뜻한다. 방적 회사인 가네보에서 생산한 최신 옷감, 옷, 잡화 등을 전시하고 판매하던 상점이자 찻집이었다.
53) 처리하기 어려울 만큼 짐스럽고 귀찮은
54) 대모(바다거북)의 등과 배를 싸고 있는 껍데기로 만든 안경테
55) 굼뜨게 눈치를 보며 반기지 않는 데를 자꾸 찾아다니다.

• 경성우편국 옆 본정 일 정목 입구(서울역사아카이브)
• 본정 야경(서울역사아카이브)

본정 일 정목 거리와 청목당 건물(서울역사아카이브)

"승조 군! 오래간만일세!"

하며 악수를 청한다.

"참 오래간만일세! 요새 재미 어떤가?"

"재미이? 재미가 무슨 재민가! 자네처럼 화갈세 말이지 우리 같은 게……."

창건은 안경테 너머로 영옥의 옆얼굴을 거들떠보며 뜻 있이 빙그레 웃는다.

"사회의 목탁 노릇하기가 재미지 밤낮 물감 장난만 치는 놈이 재민 무슨 재미겠다!"

"천만에……. 목탁이니까 밤낮 두들겨 맞기만 하구 남께 역겨움이나 바치구 하지만 오색찬란한 화원 속에서 사는 자네야말루 신선일세, 신선이야!"

창건은 또 한 번 영옥을 곁눈질한다. 영옥은 어찌할 바를 몰라 비스듬히 돌아서 쇼윈도의 양품들을 들여다보고 있었으나 한 가지도 눈에 들어오지 않고 오직 창건의 빈정거리는 구절구절에 가슴만이 두근거렸다.

'창건은 장차 무슨 험담을 끄집어내려고 이렇게 짓궂게 구는 것일까.'

영옥은 최후의 선언을 기다리는 피고처럼 가슴이 훅닥거렸다.

"입심으로 살아가는 자네허구 겨뤄서야 어디 배겨 나겠나."

승조가 말하자

"그러기에 우리 같은 놈은 남의 역겨움만 바친다는 게야."

하고 창건은 이번엔 영옥을 쳐다보며

"영옥 씬 그래 승조 군 허구만 다니시구 저허군 좀 만나 주지 않으시렵니까?"

하고 빙글빙글 비웃음 가득한 웃음을 웃는다.

"어젠 참 미안했어요. 오래 헤어졌던 동물 거리에서 만나서⋯⋯."

영옥은 더 회피할 수도 없어 모든 것을 단념하고 앞발치기[56]로 어제의 일을 끄집어내는 수밖에 없었다.

"어젠 그러셨죠만 그게 어디 어제뿐입니까. 오늘두 삼림에서 무릇 다섯 점 동안이나 학수고대하다가 홧김에 금방 달려 나오는 길입니다."

승조 들으란 듯이 툭탁 털어놓은 창건의 노닥거리에 영옥은 그만 벅차올라 바들바들 떨 뿐이었다. 그러한 영옥을 보자 창건은 문득 처음과는 딴판으로 언성을 부드럽혀

"자, 지나간 일은 지나간 일이구, 자네 바쁘지 않거든 어디 저녁이라두 먹으러 가세. 내 한턱 씀세. 가난뱅이라구 줄창 돈이 없으리란 법 없지 않은가."

승조의 어깨를 툭 치고 나서

"영옥 씨두 이제의 말은 농으루 비쳐 용서하시구. 자, 만찬이나 잡수러 가시죠."

하며 적당한 장소라도 찾듯 좌우를 두리번거린다.

56) 남이 하려던 일을 먼저 앞질러 하거나, 그렇게 하여 남의 일을 방해해다.

"모처럼의 후의에 미안하게 됐지만 저녁은 금방 먹었으니 어디 차나 마시러 가세."

승조가 빙그레 웃으며 말하자

"벌써 저녁을 먹었다? 저녁 굶은 놈은 나밖에 없나 보구먼. 섧다, 서러워⋯⋯. 아무려나 난 저녁을 먹어야겠으니 그럼 정유사(精乳舍)[57]루 가세."

그리고 창건은 앞장서 걸어 나가며

"영옥 씨두 가시죠."

영옥은 만부득이 따라서긴 했으나 어째 을씨년스러웠고 승조 역시 꼭 내키는 걸음은 아니었다.

창건의 나무랍게 지껄이는 말로 미루어 승조는 영옥이가 그동안에 창건과도 교제가 있었음을 알아낼 수 있었던 것이다.

무어 연애 관계라든가 그런 깊은 관계는 물론 아닐 게고 영옥은 도리어 창건을 탐탁찮아 하는 기색이기도 하나 그러나 여태껏 저만을 생각하고 있는 줄로 알았던 영옥이가 뒤로 살살 창건과도 교류가 있었다는 새로운 사실에 승조는 야릇한 질투를 아니 느낄 수 없었던 것이다. 그러나 뒤미처 순경을 생각해 내자 영옥과 창건과의 교제가 있으므로 해서 영옥을 돌아보지 않아도 안심할 수 있다는, 말하자면 무거운 짐을 부려 놓을 껀덕지를 얻은 듯한 심리를 승조는 느낄 수 있었다.

57) 본정 이 정목 11에서 국수를 팔았던 식당

그로부터 한 시간 후에 셋은 뿔뿔이 헤어졌으나 그러나 이튿날 식전 아침 이부자리 속에서 영옥은 다음과 같은 창건의 속달을 받았다.

사랑하는 영옥 씨!

영옥 씨가 그동안 저를 만나 주시지 않은 이유를 어제 저녁에야 비로소 깨달았습니다. 사실 저는 영옥 씨와 승조 군과의 관계를 전연 몰랐던 것입니다. 이제 영옥 씨와 승조 군에게 제가 충심으로 축복을 올린다고 하면 영옥 씨는 반사의 말이라고 생각하시겠지요. 그러나 나는 나를 희생치 않을 수 없는 마당에 이르러서도 역시 영옥 씨의 행복을 빌지 않고는 배겨 날 수 없는 나임을 나로서도 놀라지 않을 수 없습니다. '사랑이란 맹목적이다'라는 문구가 진리임을 오늘 비로소 깨달았습니다. 거리에서 뜻밖에 만났을 때 여러 가지로 주책없는 말씀을 여쭌 것은 순간의 감정을 억제할 만한 지각이 없는 탓이었음을 이제조차 뉘우치는 바입니다. 아! 사랑하는 영옥 씨!

저는 사랑하는 영옥 씨라고 이제도 서슴지 않고 쓰겠습니다. 왜냐면 사랑이란 받을 것이 아니라, 줄 것이라고 깨달은 까닭입니다. 그동안 저는 사랑을 빌으려 했던 것이 잘못이었음을 깨달았습니다. 이제부터 저는 오직 영옥 씨와 승조 군과의 참된 사랑의 승리를 충심으로 빌 뿐입니다. 그러므로 금후로는 절대로 영옥 씨를 괴롭히거나 시달리거나 하지 않겠사오니 그리 아시옵소서. 사실 저는 어제저녁 영옥 씨에게 '최후의 만찬'을 드린 셈입니다. 하지만 만약에라도 영옥 씨가 불행한 처지에 게시게 된다면 저는 언제든지 영옥 씨의 참된 힘이 되어 드릴 것만은 굳게 굳게 약속해 두겠습니다.

조창건

편지를 다 읽고 나자, 영옥은 무슨 된 협박이나 당한 듯 또 혹은 큰일이라도 저지른 듯 갈피를 분간할 수 없는 착잡한 감정에 사로잡혀 그대로 이부자리 속에 머리를 파묻고 가쁜 숨을 할딱 쉬는 것이었다.

사실 영옥은 '승조와 순경'을 생각하자 새삼스럽게 주체스러운 제 처지를 깨달았고 그와 동시에 그러한 자기를 그렇게나 열렬히 사랑해 주는 창건을 주밀한 생각도 없이 냉혹히 대했던 것이 아수하게[58] 뉘우쳐졌다.

영옥은 어쩐지 들어오는 복을 발길로 걷어차 버린 듯한 아쉬움과 창건에게 대한 무한히 민망함을 도저히 죽여 버릴 수 없었다. 더구나 저는 퇴방을 맞고 물러서면서도 나의 행복을 빌어 마지않는다는 창건!

'내가 여태 창건이란 사람을 잘못 알아 온 것이 아니었던가? 그는 내가 생각한 것과 딴판으로 동떨어지게 뛰어난

58) '아깝고 서운하다'의 북한어

사내가 아니었던가?'

이렇게 생각하니 '최후의 만찬' 때에도 영옥은 차조차 변변히 마시지 않던 일이 죄송스럽기 그지없었다.

9 ─ '동경'의 소묘

노화백과 승조가 순경을 모델로 하고 그림을 시작한 지도 어언 보름이 넘었다.

그러나 워낙 붓이 더딘 노화백은 말할 것도 없고 비교적 속필이던 승조도 이번만은 솜씨를 날래 내두르지 못하였다.

한 줄기의 선을 긋는 데도 몇 시간의 노력이 소비되었고 한 움큼의 명암을 표현하는 데도 하루를 필요로 하기가 일쑤였다. 그리하여 승조는 보름이 넘은 요새에야 데생만은 대강 되었으나 노화백은 캔버스에 한 번도 손을 대 보지 못하고 모델만 쏘아보다가 하루를 보내는 날이 허다하였다.

오늘도 그러한 날이어서 침대 위에 한 다리는 뻗고 한 다리는 약간 굽힌 채 반만큼 모로 누워서 고개를 들어 먼 하늘을 우러러보는 순경의 포즈를 노화백은 벌써 삼십 분 넘어 지독한 눈으로 뚫어지도록 견주어 보고 있다.

노화백의 이마에서는 구슬땀이 맺혀 흘러내리건만 그는 더위조차 잊어버린 듯 입을 굳게 다문 채 혹은 가까이서 혹은 멀리서 모델을 요모조모로 관찰하고 있을 따름이다.

마침내 그는 무슨 좋은 생각이 떠올랐음인지 얼른 캔버스께로 가까이 다가가서 손에 든 목탄으로 한 줄기의 곡선을 그어 본다. 그리고 한참이나 그려진 선을 들여다보다가 또 마음에 맞갖지 않아 이내 곁에 놓아 둔 '식빵'으로 이제 그린 선을 지워 버린다.

그는 암만해도 구도가 마음대로 되지 않았던 것이다.

그림의 중심을 어디다 두느냐 또는 어떻게 해야 그림에서 안정감과 호흡을 느끼도록 할 수 있느냐 이러한 모든 것이 노화백의 머리를 끊임없이 시달렸다. 그리고 그러한 것에 대한 정밀한 구도가 머릿속에서는 차츰 정리되어 가면서도 정작 데생으로 그려 놓고 보면 새로운 불만이 샘솟듯 하는 것이다.

머릿속에서 궁리하는 구도와 캔버스 위에 데생으로 그려 본 화면과는 좀처럼 해선 일치되지 않았다. 더구나 물체의 형태와 광선의 강약, 명암의 농담과 거리의 원근, 이러한 모든 것들이 모델 전체의 운동과 어우러져 살아 있는 감정을 표현해야 하는 것이 아닌가?

구도와 데생과가 완전히 일치되는 모멘트—그것은 오직 하나밖에 없을 게고, 그 하나를 재껴 놓고는 모두가 거짓일 게다. 그러므로 그 하나를 찾아야 하고 그 하나를 찾기란 조련한 일이 아니었다.

노화백은 두 팔을 뒷짐 지며 모델을 쳐다본다. 모델의

머리끝에서부터 끝까지는 물론 화면에 포함될 모든 물체의 형체와 자세를 한 오리 한 오리 눈 익혀 관찰한다. 전체와 부분과의 유기적인 관련, 부분과 전체와의 공간적인 균형—이런 것을 치밀히 구상하고 있는 노화백의 머리에는 오직 창조의 정열만이 솟아 넘칠 뿐이었다. 제작 중의 그의 머리에는 단지 대재[59]의 무르녹는 분위기만이 차 있는 것 같다.

그러나 그런 고심은 승조 역시 마찬가지여서 승조도 곁에 있는 선생을 잊어버리기쯤은 예사로 제작 중에는 순경을 한 개의 화제로밖에 인식하지 않는 것이었다.

그렇게 세 시간을 보내고 나면 승조도 승조지만 노화백은 알아보게 피곤을 느끼는 것이다.

노화백은 오늘은 캔버스에 두어 번 목탄을 대어 보았을 뿐 세 시간을 보내고 나니 마치 열병이나 한차례 치르고 난 사람같이 정신이 얼떨떨하고 사족이 녹지근했다.

"과히 피곤치 않으십니까?"

시간이 되었을 때 승조가 먼저 캔버스에서 물러나며 노화백을 쳐다보았다.

"응, 괜찮어……. 수고했었소."

노화백은 모델대의 순경에게 감사의 뜻을 표하고 이번엔 승조의 데생을 유심히 들여다보고 있다. 순경은 비로소 포즈를 깨트리고 조용히 일어나 옷을 추슬러 입는다.

59) 大才. 뛰어난 재주. 또는 그런 재주를 가진 사람

모든 것이 무언극의 엄숙한 한 토막 그대로인 장면이었다.

한참 동안 무거운 침묵이 계속되었다.

승조의 데생을 이윽히 들여다보고 있던 노화백의 얼굴에서는 볼 동안에 법열과 감격의 화기가 짙어 가더니 마침내

"승조 군!"

하고 장엄한 목소리로, 그러나 자애롭게 불렀다.

"네?"

"걸작이네."

노화백은 혼잣말 비슷이 중얼거린다.

"천만입니다."

겸손해하는 승조의 얼굴에도 기쁨이 그득하였다.

"인제 채색에 힘을 들이게! 그러나 데생만으로도 이미 완성에 가까워! 데생에 의하지 않고 색채만을 미술적으로 살릴 순 없지만 데생은 반드시 채색의 힘을 빌리지 않고라두 충분히 미술의 심저(深底)에 도달할 수 있거든!"

하고 말하는 동안에도 노화백의 시선은 승조의 데생에서 일 푼도 이동하지 않았다. 그는 승조의 데생에 참말 놀라지 않을 수 없었던 것이다.

모델의 형체와 자제를 확고히 포착하여 가지고 그것을 용히도 입체적으로 살려 낸 기술, 더구나 모델이 입체적으로 갖고 있는 포리무(量)[60]가 실감 그대로인 느낌을 주는 데는 감탄치 않을 수 없었다.

60) 영어 볼륨(volume)의 일본 말

승조의 데생에는 캔버스의 깊이가 있었다. 바꿔 말하자면 캔버스 전체에 유동하는 공기는 실제로 우리가 호흡하는 공기와 조금도 다름없이 느껴졌다. 시방 모델도 호흡을 하고 있는 것만 같다.

모델은 옷을 입지 않고는 다른 사람과는 마주 서지 못할 정도로 그 정도로 비밀을 가진 듯이 느껴지는 그림이었다.

아니 이 그림은 그림이 아니라 감정이요 정열이었다. 캔버스 전체가 '동경'의 분위기에 무르녹았고 그러므로 금방 동경의 여자 순경 앞에 새로운 무엇인가가 나타날 것만 같은 그렇게 여음[61]이 풍성한 그림이었다.

승조의 화재가 범상치 않음은 오래전부터 믿어 왔지만 이번에 각별한 진전을 보여 주었음이 노화백에게는 무한 기쁜 일이었다.

매사에 엄격한 노화백은 지금껏 승조의 그림을 지도하는 데도 조금도 기탄없이 가혹한 평을 내리곤 하여 왔다.

그러나 이번 '동경'의 데생에 대해서만은 손톱만치의 흠도 잡아낼 수 없었다.

노화백이 데생의 감상에 취해 있을 때 순경은 옷을 다 추슬러 입고는 고요히 노화백의 뒤로 와서 그의 어깨너머로 승조의 데생을 넘겨다본다.

캔버스 위에 누워 있는 나체의 여자—그깃이 자기 사신이라고 생각하니 순경은 어쩐지 기뻤다. 육신의 생명은 금

61) 소리가 그치거나 거의 사라진 뒤에 아직 남아 있는 음향

방 죽어 썩어진다손 쳐도 저 그림만은 영원히 남을 것이다. 그러면 나의 생명도 저 그림 속에서 영원히 살 수 있으리라 이렇게도 생각된다.

순경은 제가 그림을 감상할 만한 눈이 없음을 오늘처럼 안타까워한 적은 없다. 그렇게나 고심할 적엔 정녕코 그림 속에 어떤 비밀이 있을 텐데 그 비밀을 알아볼 수 없는 것이 그지없이 한탄스러웠다.

순경은 이번엔 고요히 고개를 돌려 노화백의 데생을 들여다보았다.

아직 절반도 이루어지지 못한 데생이었다. 겨우 사람의 얼굴이나 알아볼 만한 정도였다. 하지만 이만큼 그리는 데도 그렇게나 피를 말리고 살을 깎듯이 고심하던 노화백의 창조적 야심을 생각하니 어째 함부로 바라보기조차 외람된 느낌이 들었다. 그림을 시작하자부터 나날이 건강이 축나는 듯싶은 노화백―그는 과시 무사히 그림을 완성시킬 수 있을까?

캔버스 위의 그려진, 대수로워 보이지 않는 한 줄기의 선도 모두가 노화백의 피로 아로새겨진 것 같아 차라리 그가 이제라도 그림을 그만두어 주셨으면 하는 생각조차 들었다.

순경이 그러한 생각을 하고 있는 동안에도 노화백과 승조는 순경을 거들떠보지도 않고 움직일 줄 모르는 돌부처처럼 덤덤히 버티고 서서 서로의 그림을 언제까지든 물끄러미 들여다보고 서 있는 것이었다.

4회

경개(梗概)

양화계의 선구자 추강 화백과 그의 제자 최승조는 젊은 미망인이요 진실한 가톨릭교도인 김순경을 모델로 그림을 그려 가는 동안에 똑같이 순경을 연모하게 되었다. 그리고 노화백의 외딸 영옥은 승조와 순경의 사이를 의심하면서도 승조를 알뜰히 연모하였으나 영옥에게는 또 추근추근히도 따라다니는 신문 기자 조창건과 소슬바람 같은 인상을 주는 신진 시인이요 순경의 오빠인 김순환이가 있었다.

하지만 승조에게 대한 사랑만이 유독히 열렬했으나 승조는 승조대로 순경만을 연모하였고 그 눈치를 챈 노화백은 자기 자신의 순경을 사모하는 번민과 딸의 장래를 생각하는 마음에 고민은 적이 컸다.

10 — 심야의 심리

가까스로 태수하여[62] 열두 시를 친 다음에도 퍽 지나서

---

62) 목적한 일이 헛일이 되었다는 뜻의 '모처럼 태수가 되니 턱이 떨어지다'라는 속담에서 따온 것으로 보인다.

야 간신히 혼몽 상태에 빠졌던 노화백은 새로 한 시를 치는 괘종시계 소리에 소스라치듯 깨쳐 나자, 상반신을 벌떡 일으키며 사람을 찾아내려는 듯 사방을 두리번두리번 휘둘러보았다.

그러나 방에는 사람은커녕 허수아비도 없었고 눈에 띄는 것은 언제나 다름없는 가구들뿐이었다.

"쩝!"

그는 객쩍은 입을 다시고 나서 뒤통수를 뻑뻑 긁으며 그냥 누워 버렸다가 다시 한번 아까 모양대로 방 안을 휘둘러보는 것이다.

하지만 그동안에 없던 사람이 나타나거나 할 턱은 없었다.

그래 그는 부질없었던 저를 깨닫고 스스로 겸연쩍음을 느끼며 자리에 도로 누워 버렸다.

꿈속의 사람이란 순경이었던 것이다.

금방 이 품 안에 든 순경을 으스러지도록 틀림없이 꽉 껴안았던 것이 아니었던가.

꿈—꿈은 꿈이로되 그에게는 결코 귀찮은 꿈은 아니었다. 아니 차라리 꿈에라도 순경을 한번 품에 안아 보았다는 그 사실에 노화백은 얼마든지 행복을 느끼고 싶었다. 현실로는 감히 생념도 내어서는 안 된다고 스스로 경계하고 자책하고 하면서도 꿈으로나마 순경을 품에 안아 보고 싶었던 것이다.

'이러나저러나 그런 불측한 꿈을 꾸게 된 것은 웬일일까?'

노화백은 겸연스럽고도 의아쩍었다. 하긴 바로 잠들기 전까지 그림의 구도를 골똘히 생각하고 있었던 탓에 현실의 모델이 꿈속에 그대로 뛰어들었는지도 모를 일이긴 하지만 그렇다고 그를 안아까지 보았다는 것은 좀 쑥스러운 일 같았다.

노화백은 이런 생각 저런 궁리 다 떨어 버리려는 듯이 머리를 부러 두어 번 설레설레 흔들고는 전기 스위치를 끄고 모로 돌아누웠다.

그러나 웬 셈인지 잠이 오기는커녕 눈알이 자꾸만 초롱초롱해진다. 행여 편히 누우면 잠이 올까 하고 반듯이 누워 보나 역 마찬가지다. 그뿐 아니라 아내가 죽자부터 혼자서 십 년이나 지켜 온 더블베드가 오늘 밤따라는 갑자기 휑 넓어진 듯 신변이 몹시도 허수한 느낌이 들었다. 얼굴에는 싸늘한 공기가 희살[63] 짓는 것 같고 몸에는 냉랭한 바람이 휘감기는 것 같고 가슴에는 풍구제(旋風機)[64]로 찬기를 휘몰아 넣는 것 같았다. 이불을 몸에 찬찬히 감싸도 보았으나 그뿐으로는 도저히 감당해 낼 수 없는 싸늘한 기운─그것은 텅 빈 듯한 공허감이기도 하였다─이 야멸차게도 몸을 시달렸다.

다량의 출혈을 한 사람처럼 사족이 얼어 오고 오장육부가 졸아드는 듯하였다. 무엇인가 신열이 높고 탄력 있는 것

63) 戱殺. 희롱하여 훼방을 놓음
64) 선풍기

을 번쩍 꺼안아 보고 싶은 충동도 일으켜졌다. 굶주린 이리처럼, 야착[65]한 흡혈귀처럼 그 무엇을 부둥켜안고 거기서 열을 빨고 피를 빨고 하여야만 마음이 개운할 것 같은 느낌이 절실하였다.

그러나 도저히 그리할 수 없다는 생각에 놈은 좀 더 졸아드는 듯하고 그 까닭으로 해서 신변은 더욱더 싸늘해 오고 더블베드의 좌우편 공간이 광막한 벌처럼 무제한으로 전개되어 마침내는 삭막하고 황량한 가을바람으로 차 가는 것 같다.

그는 몸을 부르르 떨고 나서 두 다리를 쭉 곧게 뻗어서 피를 골고루 순환시켜 보았다. 손끝 발끝의 모세관의 최첨단까지에 피가 주르르 흘러 도는 것 같다. 그러나 순간이 지나자, 사족은 다시 말려들기 시작하였다.

죽은 아내와 이 베드에서 최초의 향락을 누리던 그날 밤의 기억이 불덩어리의 세력을 가지고 불현 머릿속에 회상되었다.

보드라운 살결과 살결을 맞부비고 활화산처럼 홧홧 토하는 열과 정을 탐욕스럽게 빨고 삼키고 하면서 빛깔과 향기에 아련히 도취한 채 힘내기라도 하듯 서로 당기고 밀고 하며 비밀의 시간을 즐기던 그때의 기억을 노화백은 지금 마음속에 되풀이하고 있는 것이다. 그러나 회상은 역시 회상에 멎어지고 마는 법이어서 찬란하던 기억의 한 토막이

65) '야단스럽다'의 전라도 방언

112

한 가닥의 향기를 남기고 현실로 돌아온 다음, 현실의 신변은 더욱더 삭막할 뿐이므로 한동안 잊어버렸던 추위가 갑절의 호세로 뼈에 사무치게 엄습하여 오는 것이다.

아무리 해도 추위를 배겨 낼 수가 없다. 이미 초복 머리로 접어든 요사인데 이렇게 춥다니 이상한 일이다. 혹 문이라도 열어 놓지 않았나— 하고 노화백은 상반신을 일으켜 스위치를 켰다.

갑자기 휘황해 가는 방 안—문은 한 군데도 열린 데 없었으나 어째 그는 도로 불을 끄기가 겁이 와락 났다. 불을 켠 대로 파자마 깃을 꼭꼭 여미고 누우려는 순간 번득 번개처럼 순경의 환상이 머리에 스쳤다.

그래 노화백은 침대에 누워서는 안 된다고 스스로 맘속으로 중얼거리며 머리맡 테이블에서 담배와 파이프를 잡아당겨 한 대를 피워서는 힘껏 들이빨아서 숨껏 내뱉어 보았다. 담배 연기는 마약처럼 폐부의 구석구석에 짜릿짜릿한 자극을 주며 스며드는 것 같고 그 때문에 몸에 감겼던 시름이 안개같이 개이기도 하는 듯하다.

그러나 한참 그렇게 담배를 들이빨고 금붕어처럼 연기를 토하고 하는 동안에 그는 어느새 눈앞에 여름 구름처럼 뭉게뭉게 뭉게이는 탐스러운 연기 속에 저 모르게 순경의 환상을 그려 보고 있었다. 그러다가 이성이 퍼뜩 미리를 드는 살나에 그는 또 한 번 어이없는 자신을 발견하고 놀라는 것이었으나 그러나 일이 여기까지에 이르고 보면 심리란 이상한 물건이어서 차라리 맘껏 순경을 향락해 보고 싶은 욕심을 의식적으로 일으키기까지 하였다. 그러한 욕심을 일으키기와 함께 그는 이 층 화실에 순경의 그림이 있는 것을 깨닫고 훗떡 일어나서 도어를 열고 복도로 나와서는 급한 발걸음으로 층계를 추어 올랐다.

화실에는 두 개의 캔버스가 노화백을 기다리는 듯 방 한복판에 놓여 있었다.

그는 승조의 그림 앞으로 다가서서 불덩어리같이 달아오르는 눈으로 그림 속의 순경을 탐스럽게 바라보았다. 그림을 바라보는 심리도 심리려니와 그 눈초리조차도 제작 중의 그의 눈과는 얼토당토않은, 말하자면 야욕에 타는 눈이었다. 고기에 굶주린 미친 이리의 눈살 같다고나 할까?

탐스럽게 캔버스를 들여다보고 있는 그는 그림에서 예술적 향기도 탁월한 기교도 발견하지 못하고 오직 침대 위에 가로누운 순경의 보드라운 고기만에 관능을, 자극과 고혹적인 유혹을 느낄 뿐이었다.

정신적인 세계가 아니라 육체적인 현실이었다. 덥석 달려들어 으스러지도록 껴안아 보고 싶은 충격이 회오리처럼 몸에 찬찬히 감겼다. 금방 웃음이 터져 나올 듯한 순경의 표정은 사내를 유혹하려는 밤의 여자의 기교 같았고 완숙한 육체 전체가 이성의 억센 힘을 갈망하는 음양의 대상으로만 보였다. 검은 진주같이 윤기 있고 영롱하게 빛나는 눈동자는 시방 그 무엇인가를 요구하면서 노화백의 심장을 밉살스럽게 파고드는 어떤 버러지만 같이 느껴졌다.

가까이 다가가서 펑퍼짐하게 부풀어 오른 두 볼기짝을 찰싹 때리면 호호호 호들갑스럽게 웃어젖히며 팔딱 일어나 앉을 것 같기도 하다.

노화백은 누구를 끌어안으려는 듯 두 팔을 앞으로 헤벌려서는 쭉 가슴에다가 팔짱을 찌르며 쌍심지를 켠 듯이 혁혁히 타오르는 두 눈총 뿌리를 언제까지든 순경의 가슴팍에 견주고 있다.

볼수록 노화백의 숨결은 거칠어져 가고 눈알은 불긋불긋 피투성이가 되어 간다. 심장의 고동이 고요한 화실의 적막을 깨트리고 커다란 시계 소리처럼 뚝딱 울린다. 입은 굳게 다물어졌으나 아래 윗수염이 제대로 수물거리고, 버티고 섰는 두 다리가 알아보게 후들후들 떨렸다.

살 우리 안의 사자가 살창 밖의 먹을 것을 안타까이 노리며 을러대고 있는 정경과 흡사하다고나 할까? 여차하면 살창쯤 찢고 휘고 살 우리 밖으로 탈출하여 미끼를 못 삼켜볼 내가 아니라는 그런 살기등등한 기세였다.

그렇게 살기와 탐욕이 최고조로 격동된 찰나 드디어 노화백은 저 모르게 맹수처럼 캔버스 위로 달겨들며 순경을 껴안으려 하였다. 그러나 그와 동시에 힘의 충격을 받은 화가(畫架)[66]는 무게의 균형을 잃어버려 단바에 니지 빠지며

"덜그럭!"

66) 이젤

하는 요란한 소리를 냈다. 어디 가까이서 대포가 터지는 듯한 그렇게 요란스러운 소리로 들려서 순간에 노화백은 화다닥 저로 돌아왔다. 착각의 세계에서 인식의 세상으로 뛰어넘은 순간 깨달음은 번개같이 신속하였다.

황당무계했던 자신을 발견한 노화백은 뜻밖의 살인이라도 치른 듯 두 팔을 발작적으로 헤벌리며 뒤로 한 발걸음 물러서는 판에 눈을 크게 떴다.

한순간 전의 야수의 세계에서 차디찬 이지적인 인간으로 환원한 것이었다. 노화백의 이성은 머리를 들었다. 그는 이제까지의 저를 도저히 이해할 수 없는 것만 같았다. 화가로서의 칠십 평생에 쌓아 올린 수양을 오늘 밤 한꺼번에 박탈당한 듯한 괴로움을 느끼지 않을 수 없었다. 더구나 그림에까지 덤벼들었던 저를 생각하면 도저히 용서할 바가 못 된다고 깨달았다.

순경—젊은 미망인으로 절개를 지키려는 순경, 진실한 가톨릭교도로, 신앙으로 생활을 순교해 가려는 순경, 그토록 깨끗해지려는 순경을 마음속으로 범하는 것만도 죄송한 일인데 하물며 육체로서 범하려는 것은 그것이 그에 대한 모독이요 예술에 대한 모반이 아니고 무엇인가? 그림에서 아름다움을 발견하기는커녕 야욕밖에 일으키지 못한 것이 아니었던가. 신에의 모독이든 예술에의 모반이든 그러한 원대하고 고상한 것에의 비길 것은 잠깐 두고, 한 사회 일원으로서 도덕률에 비춰 보더라도 커다란 죄인이 아니고 무엇인가?

그는 축 늘어진 제 손을 바라본다. 주름살 가고 시들시들한 손등—이만치 늙은 몸으로 그렇게 당치않은 처사를 했던가 하니 마음은 쑤시는 듯 아팠다. 마음이 그렇게 더러울 바엔 차라리 화필을 던지고 마는 것이 옳으리라고는 생각되었다. 그림이란 참말 그 화가의 인격을 솔직히 표명하는 것 아니고 무엇인가? 조선서 양화를 말할 때에는 으레 신주처럼 치켜세우곤 하던 소위 '추강 화백'이란 작자의 꼬락서니가 지금 나의 이 꼴이 아닌가.

선구자니 선생이니 하는 존칭사를 당연히 받아야 할 칭호로만 믿고 천연덕스럽게 그걸 노려 온 제가 한없이 뻔뻔스럽게 여겨지는 지금의 노화백이었다.

'참된 예술을 창조하려면 먼저 그 사람이 인간으로서의 완성된 인격을 갖추고야 볼 일이 아니었던가? 그런데 나는! 나는……'

노화백은 머리를 들지 못하였다. 마치 지금 눈앞에 어떤 위대한 존재가 있어 자기의 그릇된 행동을 가혹하게 질책하는 것만 같았던 것이다.

11 — 동일한 입장

양심의 가책과 뼈저린 참회로 가혹하게 자신을 매질하

고 나서 노화백은 고요히 아래층으로 내려왔다. 영옥의 침
실을 지나 제 방으로 가려는데

"거 누구예요? 아부지예요?"

문득 캄캄한 영옥의 침실에서 이렇게 울려 나와 노화백
은 한순간 놀람과 함께 발을 멈추었다.

"아부지!"

또 한 번 부른다.

"영옥이냐?"

두어 발걸음 영옥의 침실께로 가까이 갔다.

"아부지, 안 주무셨어요?"

"응! 너 입때 안 잤냐?"

"자다 깼어요. 좀 들어오세요."

안에서는 불을 켜는지 문틈으로 실낱같은 광선이 반짝
흘러나왔다.

"인제 뭣 하러 들어가니! 어서 자거라."

노화백은 영옥이가 혹시 이 층 화실에서 이젤 넘어가는
소리에 잠이 깨어진 것이나 아닌가 하고 마음이 뜨끔하였다.

"글쎄, 졸음이 안 와 그래요. 좀 들어오세요."

영옥은 몸부림이라도 치는 모양이었다. 노화백은 어쩔
수 없이 딸의 침실의 도어를 열고 첫 발걸음을 척 들여놓는
순간 홧 하고 야릇한 향기가 얼굴에 안기듯 코를 자극하였
다. 그는 퍼뜩 꿈속 순경의 몸에서 맡은 향기와 방불하다
고 생각했으나 이내 당황히 지워 버리려는 듯이

"왜 안 자냐?"

하고 물었다.

영옥은 어느새 일어나 앉아서 잠옷 깃을 단정히 여미며

"자다 시계 치는 소리에 깼어요. 참, 지금 몇 시예요?"

"네 시쯤 됐지!"

노화백은 침대 곁에 있는 의자에 걸터앉았다. 그는 영옥이가 이젤 넘어가는 소리에 깬 것이 아니라고 알자 적이 안심되었으나 그러나 아까 자기도 시계 소리에 깬 것을 연상하고 영옥이도 혹은 나와 같이 불측한 꿈이나 꾸고 있었던 것이 아니었던가 하여 근심이 새로웠다. 그리고 노화백의 추측은 백 퍼센트로 들어맞아 사실 영옥은 승조의 꿈을 꾸고 있었던 것임에 틀림없었다.

꿈—모델대 위에 나체로 길게 누운 순경은 고혹적인 미소를 해물해물 웃으면서 홀리는 듯이 승조를 마주 보고 있고, 화필을 들고 섰는 승조는 그림은 그리지 않고 언제까지든 탐욕적인 눈으로 황홀하니 순경의 육체를 즐기고 있는 그러한 장면을 보았을 때, 영옥은 기가 벅차고 성만 터져 올라서 아무 말도 못 하고 자못 면도날같이 새파란 눈초리로 순경을 흘겨보고 있을 뿐이었다. 그러나 순경은 영옥이쯤 개떡같이 여긴다는 듯이

"흥."

콧방귀를 한 방 뀌고 나서는 좀 더 달콤한 애교로 승조에게 윙크를 건네는 것이었다. 그래 영옥은 분노에 치를 바

들바들 떨며 승조를 거들떠보니 승조는 또 승조대로 영옥 켠은 거들떠보지도 않고 순경만 똑바로 바라보며 휘파람으로 〈사랑의 노래〉를 멋들어지게 불어 넘기고 있는 것이 아닌가? 영옥은 거만한 순경에게보다도 〈사랑의 노래〉를 부르고 있는 승조에게 더 모욕을 느껴

"승조 씨!"

하고 바들바들 떨리는 목소리로 부르짖었다. 그러나 승조는 들은 척도 않고, 일향 휘파람만 불어 대고 있어

"승조 씨! 승조 씨!"

발을 동동 구르듯이 고함을 질렀다.

"왜 야단이십니까?"

승조는 문득 휘파람을 멈추고 이렇게 퉁명스럽게 반문하는 것이었으나 그 태도는 너무나 매몰하였고 얼굴에 나타난 표정은 모질게도 혹독한 비웃음뿐이었다.

"나가 주세요! 어서 썩 이 화실에서 나가 주세요."

영옥은 더 참을 수 없이 고래고래 부르짖었다.

"흥! 나가라면 나가죠! 아무렴 여기밖에 〈사랑의 노래〉를 부를 고장이 없을라구요?"

"글쎄, 그러게 나가요! 어서 나가요! 나가요, 나가라구요!"

영옥은 제 설움에 북받쳐 전신 분노의 덩어리가 되어 바락바락 악다구니를 쓰며 발길로 마루 창을 탕탕 거들떠 차다가 그만 목이 막히고 가슴이 막막한 바람에 화닥 깨니 꿈이었다.

눈에서는 참말 눈물이 흐르고 있었고 심장은 시방도 뚝딱거렸다. 마루를 걷어차던 발은 그대로 들먹여진다. 캄캄한 방 안이 갑자기 무서워져 온 일신에 소름이 쭉 끼치고 등줄기에는 기름진 땀까지 흘렀으나 불은 켤 수가 없었다. 불을 켜면 상기도 방 한구석에 순경과 승조가 나타나 보일 것만 같았던 까닭이었다.

그러할 즈음에 영옥은 아버지의 발자취 소리를 들었고, 그것도 처음엔 승조와 순경과의 발자취만 같이 여겨졌으나 이내 아버지의 걸음이라고 알자, 영옥은 구원이나 입은 듯이 반가이 아버지를 불렀던 것이다.

그러므로 영옥이가 시계 소리에 잠이 깼다는 것은 되는 대로 꾸며 댄 대답에 지나지 않았던 것이다. 그 되는대로 꾸며 댄 거짓이 노화백에게는 커다란 충동으로 들린 것은 사실이었다.

아버지와 딸 사이에 잠깐 말이 끊겼던 후였다.

"아부지이!"

영옥은 가만히 불렀다.

노화백은 대답 대신 머리를 고즈넉이 들었다.

"아부지, 그림 언제까지면 다 그리슈?"

"언제가 될지 알겠니!"

"그렇게 오래요?"

"조만[67] 없는 노릇이지."

67) 이름과 늦음을 아울러 이르는 말

참말 그 그림을 완성할 날이 있을까라고 노화백은 맘속으로 궁리해 보았다.

"승조 씨두 그렇게 오래 걸리서요?"

"글쎄⋯⋯."

"승조 씨 이번 그림 어때요. 잘 그리서요?"

"퍽 좋더라!"

"퍽 좋아요?"

영옥은 저 모르게 아미를 찌푸린다.

"순경 언닌 모델로서 체격이 어때요?"

"좋지!"

노화백은 간단히 대답하였다.

영옥이가 미주알고주알 캐묻는 것은 웬일일까. 그는 '왜 그렇게 캐묻느냐'고 한번 반문해 볼까 하다가 꾹 참았다. 영옥의 심리를 짐작 못 할 바도 아니거니와 그렇게 물으면 도리어 당황해할 것이 겁났던 것이다.

"승조 씬 전부터 순경 언닐 잘 아셨나요?"

"웬걸 풋낯이나 있었다더라."

"순경 언니가 미망인이란 것두 아시겠죠?"

하다가 영옥은 문득 '미망인'이란 석 자가 너무나 로맨틱한 음향으로 들려와서 새삼스럽게 놀랐다.

"알지! 왜 그런 걸 묻느냐?"

노화백은 마침내 반문하지 않을 수 없었다. 영옥의 얼굴에 명료하게 나타나는 정열과 번민의 표정은 너무나 굳세게 아버지의 마음을 괴롭혔던 것이다.

"글쎄요, 그저……."

말꼬리를 흐려 버리며 머리를 푹 숙이는 영옥의 눈에서는 한 방울씩 구슬 같은 눈물이 떨어졌으나 다행히 노화백에게 들키지는 않았다.

"순경 씨는 성모 같은 사람이니라!"

승조와 순경과의 관계를 자꾸만 의심하려는 영옥을 보자 노화백은 불쑥 한마디 말하였으나 다음 순간 영옥에게 순경의 아름다움을 말한 것은 역시 실수였다고 뉘우치는 것과 함께 이렇게 모르는 곁에 나는 순경을 변호하지 않으면 안 될 만치 나 자신이 달떴던가 하여 머리는 새로이 어지러워 왔다.

영옥은 이러한 경우에 뜻밖에도 아버지가 순경을 칭찬하는 말을 듣자 문득

'혹 아버지도 내살 순경을 연모하고 있는 것이나 아닐까?'

이러한 생각이 번개같이 머리에 스치고 지나갔다. 허나 그렇게 한가한 일을 오래 생각하고 있을 성황조차 없어

"아부지!"

그리고 잠깐 사이를 띄어서

"승조 씬 순경 언닐 좋아하시잖어요?"

낮깐조차 붉히는 일 없이 대담하게 묻는 영옥의 얼굴에는 순간 얼음같이 찬 표정이 서려 있었다. 노화백도 대담한 딸의 질문에 내속 적지 아니 경악하였으나 물론 곁에는 나

타내지 않고

"난들 알겠니? 허허허, 왜 네 눈엔 그런 것 같더냐?"

방 안의 공기를 부드럽히려고 허탈한 웃음을 웃어 보았다.

"……."

이번엔 잠자코 새침하니 마주 보고만 있는 영옥—영옥
은 '아부지 순경 언닐 사랑하시잖어요!' 하고 물을 것 같아
노화백은 불현듯 가슴이 설레었다.

"남을 그렇게 의심해선 못쓰느니라."

말하고 나서 노화백은 문득 그 말이 자기 자신을 변호한
듯이 생각되어 심히 불쾌하였다.

"아부지, 승조 씨 성격이 어때요?"

"승조 군의 성격? 좀 내약허지. 대같이 곧은 사람이지만
선이 좀 약하지."

"순경 언닌요?"

"찬 사람이지! 차구 말구. 무서운 사람이니라."

하다가 노화백은 '내가 왜 또 순경을 추어올릴까 혹 눈
이 무뎌 너무나 높이 보는 것은 아닐까' 하고 한번 반성하
여 보고 나서

"넌 순경 씰 못 믿겠든?"

하고 도리어 영옥에게 대답을 구한다.

"저두 믿어요!"

"그럼 승조 군을 못 믿겠단 말이냐?"

"승조 씨두 믿어요……. 그래두 승조 씨와 순경 언닐 함

께 생각하면 둘 다 믿을 수 없어져요."

"제각각은 믿어지지만, 함께는 안 믿어진단 말이냐?"

그럴까? 그런 것일까? 노화백은 영옥의 솔직한 심리의 고백에 저 모르게 숭엄한 심정이 솟았다.

"그러나 넌 승조 군을 참맘으로 사랑하냐?"

노화백은 강박한 질문이었으나 묻지 않을 수 없었다.

영옥은 수줍은 듯이 고개를 주억거릴 뿐이다.

"그럼, 그만 아니냐? 너만 사랑한다면 그만 아니냐. 참으로 사랑한다면 질투 같은 더러운 감정을 일으켜서는 안 되느니라. 사랑이란 줄 것이지 받을 것은 아니어든! 그러니까 참으로 사랑만 한다면 그건 벌써 행복이지 그 이상 무엇을 바랄드냐! 그 이상 바라는 건 욕심이지 사랑은 아니어든—"

노화백은 이렇게 타이르는 것이었으나 그러나 그것은 영옥에게 들리기 위해서보다도 차라리 제 자신을 경계하는 말에 지나지 않았다.

하지만 영옥은 '사랑은 줄 것이지 받을 것은 아니'라는 얼마 전에 조창건의 편지에서 읽은 문구를 아버지 입에서 한 번 더 듣게 되었을 때 짜장 놀라지 않을 수 없었다.

사랑은 줄 것이지 받을 것이 아니라고 말한 조창건은 그럼 얼마나 참된 사랑을 내게 주고 있는 것인가?

'삼림'에서 첫날은 세 시간, 둘째 날은 네 시간이나 기다리다가 헛물을 켰던 창건, 본정통에서 승조와 함께 거닐다가 만났으나 번번히 말조차 해 주지 않고 헤어졌던 창건이가 새로운 압력을 가지고 영옥의 마음을 육박하였다.

'만약에라도 영옥 씨가 불행한 처지에 계시게 된다면 저는 언제든지 영옥 씨의 참된 힘이 되어 드릴 것을 굳게 굳게 약속해 두겠습니다.'

창건의 결연한 맨 마지막에 쓰인 말이 이 말이 아니었던가? 영옥은 창건에게 한번 입술이라도 용서해 주었더라면 하고 지금 새삼스러이 뉘우쳐진다.

그러나 승조와 순경을 생각하자, 영옥은 또 제대로 가슴이 설레었다. 아무리 좁은 문으로 들어갈 셈으로 모험을 다한다 해도 좀처럼 열어질 문 같지 않았다.

"남을 사랑한다는 것은 오죽 거룩한 일이냐? 그러나 거기 대한 값을 받으려면 건 틀린 것이지—"

이윽히 덤덤히 앉았다가 노화백은 입을 열었다. 단순한 생각에 영옥은 무슨 일을 저질러 놓을지도 몰라 그는 내속 걱정이 여북지 않았다.

그러나 영옥은 어딘지 모르게 아버지의 말에 불만이 있었다. 주기만 하고 받기를 바라지 않는 사랑—사람의 맘이 그것으로 행복을 느낄 수 있을까? 그런 것이 행복이라면 창건은 으레 행복을 누려야 하겠지만 과연 창건이가 지금 행복을 느끼고 있는 것일까?

주기만 하고 받지 않는 사랑을 한다면 결국엔 창건이와 같을 게 아니냐고 깨닫자 영옥은 문득 비길 바 없이 비감한 기분이 솟구쳐 올랐고 그와 동시에 가슴을 누르는 듯하여 이제는 오도 가도 못 하는 그야말로 진퇴유곡에 빠진 자신을 발견하고 어찌할 바를 몰랐다.

'모두가 남의 순정을 무참히도 유린한 죄업이다. 그러므로 나는 창건이보다 천 층 만 층 아래로 전락하여 버릴 운명을 지녔다'고 영옥은 눈앞의 깊디깊은 내막 밑으로 바야흐로 떨어지는 저를 느끼며 눈을 딱 감은 순간 정신이 아찔하여 그대로 푹 쓰러지듯 앞으로 고꾸라졌다.

"앗, 영옥아!"

노화백은 잽싸게 영옥의 몸뚱아리를 앞가슴에 콱 받아 안았다.

12 — 무서운 시선

영옥이가 졸도한 지 몇 날 후였다.

오후 한 시 반이 거진 되어 가도 아직 승조가 오지 않으므로 노화백은 이 층 창가에 기대어 앉아 복잡한 거리를 무심코 내다보다가 문득 이리로 걸어오는 한 쌍의 남녀를 발견하고 눈을 크게 뜨지 않을 수 없었다.

곤색[68] 웃디에 회색 바지를 입은 청년과 흰 바탕에 노랑 나비 수를 놓은 파라솔로 얼굴을 푹 내리 숨긴 여자, 그것은

68) kon[紺]色. 감색의 일본어 표현

틀림없는 승조와 순경이었던 까닭이었다. 서로 어깨를 비비댈 정도로 바투 서지는 않았으나 결코 어색한 한 패거리도 아니요, 보매 어딘지 은밀한 말이 느껴지는 그들이었다.

노화백은 한순간 자기를 잃어버리고 산란한 심정과 타오르는 눈초리로 그들을 노려보듯 하다가 이내 저번 날 밤의 일을 생각해 내고 마음속에 가혹한 질책을 느껴 이내 고개를 돌려 버렸다. 그러나 다음 순간 노화백은 문득 영옥을 생각하고 마음은 역시 우울하였다. 이미 순경에 대한 자기의 애정만은 억눌러 묵살시켜 버릴 수 있는 노화백이면서도 승조에게 대한 영옥의 순정만은 어떻게 처리할 도리를 몰랐던 것이다.

노화백은 이어 창가에서 물러나 그림 앞으로 왔다.

잠깐 후에 승조와 순경은 화실에 나타났다. 둘의 행동과 표정에는 별반 전과 다름이 없었다. 물론 노화백도 그런 걸 애써 상고해 보려고도 하지 않았다.

데생이 끝나고 채색으로 옮기자, 그림은 차츰 제각기의 특색을 나타냈다.

노화백의 그림은 화폭 전체에서 차디찬 서리를 느끼도록 그토록 냉랭한 분위기가 넘쳐흘렀고, 승조의 그림은 그 제호가 말하듯 어딘지 모르게 항상 미지의 세계를 동경하는 정취가 농후하였다.

한 모델을 놓고도 그리는 사람의 마음에 따라 이렇게도 현격한 차이를 일으키는 것일까 싶게 「금단」과 「동경」은 아주 엉뚱한 두 폭의 그림이었다. 한 붓 한 붓 화폭을 물들여 갈수록 두 그림의 거리는 차츰 더 멀어져 갔다. 그러나 그중의 어느 것이 진실이고 어느 것이 거짓이거나 그렇지는 않았다. 둘 다 모델과의 한 푼의 틀도 없는 그림이라면 궤변 같기는 하나 어느 것이나 마음속의 진실로 그린 점에서는 진실이었다.

참말 노화백과 승조는 제작 중에는 자기를 잊어버리고 그림 속 분위기에 잠겨 있었다. 아니 제작 시간뿐만 아니라 요새 그들의 마음에는 그림에 대한 생각으로 꽉 차 있었다. 그 때문에 노화백은 사실 알아보게 건강에 축이 났다. 가뜩이나 야윈 뺨의 볼 뼈가 인제는 가을철의 개울 바닥 돌멩이처럼 앙상 드러나 보였고 눈은 움푹 확 패었다.

시방도 노화백은 땀을 벌벌 흘리면서도 입을 굳게 닫은 채 정기 찬 눈으로 모델과 화폭을 번갈아 탐스럽게 바라볼 때, 감격과 함께 자기가 시방 무슨 죄라도 짓는 것 같은 느낌이 들었다.

시간이 끝난 후 승조는 아래층에 손 씻으러 내려가고 순경이 옷을 다 추어 입었을 때에도 노화백은 일향 우두커니 서서 자기의 화폭을 열심히 들여다보고 있었다.

순경은 그의 등 뒤로 와서 그림을 들여다보기보다는 노화백의 옆얼굴을 찬찬히 살펴보았다.

유난히 도드라진 광대뼈 위에 백발이 다 된 머리카락이 함뿍이 내려 깔린 거기에도 기름땀이 지적지적 내보였다.

어깨를 들먹이며 씨근씨근 가쁜 숨을 내쉬는 것은 반드시 더위에 시달리는 탓만이 아니라, 간신히 이어가는 생명의 연약한 신호 같기도 하였다.

"선생님! 요새 과히 고단하잖으셔요?"

마침내 순경은 이런 말을 묻지 않을 수 없었다.

그제사 노화백은 등 뒤에 순경을 깨닫고 돌아서긴 했으나 이르는 말이 없다.

"무덥구 한데 고단하시면 몇 날 쉬어서 그리세요."

"쉬어? 허긴 요샌 더워서!"

"전 괜찮아요. 하지만 선생님이!"

하고 순경은 노화백을 거들떠보았다.

순간 순경의 시선이 정면으로 그의 시선과 딱 마주치자 노화백은 당황히 그러나 겉으로는 천연스럽게 고개를 돌렸다. 저번 날 밤에 캔버스 속의 순경에게 덤벼들었던 일이 번개같이 회상되었던 까닭이었다. 그리고 지금의 순간에는 그전과는 또 다른 의미에서 그의 가슴을 수물거리게 하는 그 무엇을 깨달았던 까닭이었다.

단 한 번, 단 한마디로도 좋으니, 순경에게 고백하고 싶은 간절한 심정—가슴속에 오랫동안 잠재해 있었던 연모의 정열이 맹수처럼 사납게 머리를 휘젓는 것 같은 느낌을 깨달았다. 이지의 힘으로 억누르면 억누를수록 안타까이 요동치는 충격을 삼키기에 그는 피투성이가 되어 싸우고 또 싸웠다. 오 분이 지난 후 가까스로 해서 냉정한 자기로 돌아온 노화백은 고즈넉이 고개를 들어 비로소 순경을 마주 보았다. 그러나 그 시선에 부딪히자, 순경은 마치 별안간 뺨이라도 휘갈긴 사람처럼 깜짝 놀라지 않을 수 없었다. 노화백의 시선은 그야말로 비수같이 예리하여 순경의 심장을 푹 찌르는 듯하였던 까닭이다.

인종과 원한과 연모와 증오와 애원의 감정을 한데 뭉쳐 놓으면 저렇게 매서운 시선이 될까 싶게, 그렇게 야멸차고 지독한 눈이었던 것이다. 그 시선과 부딪히는 순간 순경은 홀연 모든 것을 깨닫고 몸서리치지 않을 수 없었다.

순경은 갑자기 온 일신에 소름이 쭉 끼쳤다. 정신을 현혹케 하는 따뜻한 심정과 함께 몇백 길 도가니[69] 위에 몸을 허공에 솟구쳐 내린 듯한 아찔아찔한 감각을 느끼지 않을 수 없었다. 노화백의 시선은 순경의 몸을 찬찬히 결박하는 박승이 아니라 직접 심장을 견주고 내려갈긴 화살과 흡사하였던 것이다.

순경은 끔뻑 호흡이 급박해 왔다. 이 자리에서 눈송이처럼 사라질 수만 있다면 사라지고라도 싶었다. 그렇지도 못할 바이면 미친 표표[70]처럼 노화백에게 덤벼들어 그의 뺨을 휘갈기든가 혹은 그의 품에 전신을 맡기며 쓰러지든가 할밖에 다른 도리를 찾지 못하여 금방 기가 빼앗길 듯한 찰나에 승조가 도어를 벌컥 열고 들어섰다.

69) (쇳물을 녹이거나 하는) 그릇, 호된 시련의 장
70) '표범'의 평안북도, 함경남도 방언

문소리에 놀란 순경은 흉악한 꿈에서 소스라쳐 깨어난 사람같이 제물에 두세 발걸음을 뒤로 물러서며 승조를 쳐다보았다.

구원—그야말로 구원이 아닐 수 없었던 것이다. 노화백도 그제서 깜짝 놀란 듯 고개를 들어 승조를 쳐다보다가 이어 안락의자로 가 몸을 내던지듯 털썩 주저앉더니 암말 없이 담배만을 피어 무는 것이었다. 그리고 한참 만에

"승조 군! 내일은 쉬세."

웬일인지 이렇게 승조에게 말하였다.

"네? 쉬어요?"

"응. 내일 하루만 쉬세."

그리고 그는 담배만 연달아 퍽퍽 피운다.

앞날이 바쁘다고 서두르던 선생의 별안간 하루 쉬자는 말에 승조는 좀 의아스럽긴 했으나 저도 역시 지칠 대로 지친 지금이라 하루쯤 시외로 나가서 한가스럽게 놀아 보는 것도 그럴듯한 일이라고 궁리하다가 문득 교외에 순경과 함께 갔으면 하는 생각이 들었다. 그리하여 이날따라 승조는 순경과 함께 거리로 나섰다.

"요새 순환 군 댁에 있습니까?"

거리에 나서자, 승조가 먼저 말을 헐었다.

"네."

"그럼, 내일 순환 군과 어디 교외에 놀러나 가잘까요?"

"글쎄요."

아닌 게 아니라 순경도 금년 들어 한 번도 교외에 나가 보지 못한 것을 문득 깨닫고 마음이 쓸쓸하였다.

산과 들을 휘덮은 초록—초록의 바다가 불현듯 꿈나라 같이 순경을 유혹하였다. 작년 가을에 순환과 함께 안양에 갔다가 승조를 만났던 일이 번개같이 머리에 떠올랐고 다음에는 노화백의 집어삼킬 듯이 무섭던 시선이 가슴을 푹 찌르는 듯이 스치고 지나갔다.

"금년에두 교외에 여러 번 나가 보셨어요?"

"아직 못 나가 봤어요."

"그럼, 순환 군만 형편이 된다면 내일쯤 한번 나가 보시죠?"

"어디루 말씀이에요?"

"글쎄, 어디가 좋을까요? 안양은 가을이래야 좋구……."

하고 승조는 빙그레 웃고 나서

"청량사나 신흥사나……. 순경 씬 어디가 맘에 드셔요?"

"전 아무 데두 좋아요."

"참, 뚝섬이 어떨까요? 멱두 감구."

"뚝섬요?"

순경은 간단히 반문하고는 잠자코 있었다. 그러나 속으로는 '승조 씨 앞에서 어떻게 벌거숭이가 되어 멱을 감는담' 하고 궁리하였다. 비록 모델대에서는 발가벗을 수 있있다 치더라도, 모델대와 수영장과는 한결같이 느껴지지 않았다.

"어디든 갈 곳은 순환 군과두 의논하셔서 정하시기루 하고, 가는 것만은 꼭 약속합시다. 내일 아홉 시까지 다방 '아세아'에서 만나기루 하죠."

"아홉 시까지에 아세아루우?"

순경은 기억을 탄탄히 하려는 듯 되뇌면서 광화문 네거리에 다다르자, 발을 멈추었다. 승조더러 헤어지자는 것이었다.

"어디루 가실렵니까?"

"전 화신[71]에 잠깐 들러 가겠어요."

"화신에요? 저두 본정까지 다녀오겠으니 화신까지 동무해 드리죠."

"아니, 전 내버려 두시구 어서 가 보세요."

"저두 과히 서둘 일은 아니니까."

그리고 승조는 순경과 함께 전차 속의 사람이 되었다.

화신 안은 횟횟 달았다. 순경은 승조와 함께 거니는 것이 어쩐지 내숭하였으나[72] 동무해 준다는 걸 군이 거절할 수도 없어 누르고 다녔다. 비좁은 골목에 이르러 승조의 어깨가 제 가슴을 맞부비자 승조의 체취에서 순경은 문득 죽

---

71) 1931년에 설립되었던 백화점. 화신백화점은 신태화(申泰和)가 민족자본으로 설립한 화신상회에 연원을 두고 있으며, 1931년 친일반민족행위자였던 박흥식(朴興植)에 의해 매수되어 백화점으로 새롭게 설립되었다. 1930년대 조선의 5대 백화점인 히라타(平田), 미나카이(三中井), 죠지야(丁子屋), 미츠코시(三越) 그리고 화신(和信) 가운데 조선인이 세운 유일한 백화점이었기 때문에, '민족 유일의 백화점'으로 불렸다. 건물은 1987년 서울특별시 종로 도로 확장 계획에 따라 헐렸다.
72) 겉으로는 순해 보이나 속으로는 엉큼하다.

은 남편을 생각해 보고 새삼스럽게 우울하였다. 그리고 아까 화실에서 본 노화백의 무섭던 시선이 또 한 번 번개같이 번득거렸다. 이 층까지는 걷고 이 층에서는 에스카레타를 탔다.

승조는 두 층계 떨어져 탔다. 두 몸은 차츰 공중으로 둥둥 떠올랐다.

그때 공교롭게도 영옥은 학교에서 돌아오는 길에 화신에 들러 이 층 화장품부에서 물건을 고르고 있었다. 이틀 앞둔 여름방학을 이용하여 약혼한다는 동무에게 프레센트 하려고 화장품을 고르고 있던 영옥은 우연히도 고개를 돌렸다가 문득 에스카레타 위에 순경을 발견하자

"순경 언니!"

하고 쪼르르 몇 발걸음 그쪽으로 달려가며 불렀으나 그 소리는 사위의 소음 속에 부서져 내리고 말았다. 그래 영옥도 막 에스카레타에 발을 올려놓으려 하며 위층을 쳐다보니 에스카레타에서 내리는 순경의 뒤에 뜻하지 않았던 승조가 따라 내리므로 영옥은 문득 발부리 앞에서 뱀이라도 발견한 듯이 호독히[73] 놀라 뒷발질을 치며 "아!" 하고 소리 질렀다.

'승조 씨! 승조 씨다! 틀림없는 승조와 순경이다.'

영옥은 말속으로 부르짖었다. 별안간에 눈앞이 아뜩해

---

73) 북한어 '호도독하다'의 준말. '깨나 콩 따위를 볶을 때 빠르고 작게 튀는 소리가 나다'는 뜻이다.

• 화신백화점 주변의 거리 풍경(서울역사아카이브)

왔다. 사위가 캄캄하였다. 화실에서의 은밀하던 승조와 순경의 정경과 언젠가의 꿈속에서의 광경이 회오리같이 머리를 사납게 스치고 지나간다.

한순간 후에 영옥은 분별없이 날쌔게 에스카레타에 올라탔다. 올라가면서도 한 층계 두 층계 더 올라섰다. 그리하여 삼 층에 채 닿기 전에 뛰어내리기가 바쁘게 사방을 휘둘러보았다. 그러나 승조와 순경은 영옥의 추격을 눈치채고 어디 숨어라도 내린 듯 보이지 않는다. 이리저리 두리번거려 찾아보아도 없다. 영옥은 사 층으로 올라갔다. 역시 찾아보았으나 없다.

오 층에서도 육 층에서도 찾아내지 못한 그는 다시 아래 층으로, 아래층으로 허둥지둥 찾았으나 그들은 참말 안개같이 종적을 감추고 만 듯하였다. 영옥은 안타깝고 슬펐다.

이십 분 후에 화신을 나섰을 때에는 영옥은 명주고름같이 피로하였다. 지나친 흥분에 가불가불 까무라쳐지려는 정신을 간신히 가누며 전차 승강대로 건너서다가 두 번씩이나 지나치는 자전거와 부딪혔다.

동대문 방면으로 가는 전차 승강대에 올라선 영옥은 그자리에 우두커니 서서 얼빠진 사람처럼 멍하니 에스카레타 위의 승조와 순경을 그려 보다가

'뭣 하려고 나는 그 둘을 미친 듯이 찾아 헤맸던가? 찾아서 대체 어쩌자는 셈이었던가?'

문득 이런 생각이 들어 자기의 지금까지의 행사를 새삼

스럽게 경멸하지 않을 수 없었다.

'만난댔자 모욕밖에 더 받을 무엇이 있었을라구. 아아, 어리석고 미련한 나다!'

영옥은 짜장 그들을 만나지 못했던 것이 퍽 다행이었다고 생각하며 섰노라니 금방 지나가는 동대문행 선차 안에서

"영옥 씨! 영옥 씨!"

하고 누가 섣불리 부르므로 놀라 차 안을 들여다보니 뜻밖에도 부르는 사람은 순환이었다.

"아, 순환 씨!"

순간 영옥은 모든 것을 잊어버리고 재빠르게 전차를 쫓아가며 순환을 불렀으나 순환을 태운 채 전차는 모르는 척 속력을 올려 달아나고 말았다.

"아, 순환 씨!"

영옥은 콱 쓰러져 울고 싶은 심정을 간신히 제어하며 애달프게 부르짖었다.

모두가 악착스럽게도 꾀어 도는 것이 악착하고도 야속하였다.

'차라리 순경을 찾아가서 모든 것을 말해 버릴까?'

영옥은 문득 이런 생각이 들었다. 퉁 하든지 탕 하든지어서 결판을 보지 않고는 배겨 날 수 없었던 것이다.

5회

경개(梗槪)

칠십이 다 된 양화계의 선구자인 추강 화백과 그의 사랑하는 제자 최승조와는 젊은 미망인이요 미모의 모델녀인 김순경을 꼭 같이 연모하였다. 그러나 진실한 가톨릭교도인 순경은 일생을 신앙만으로 살아가려는 여자였다. 한편 노화백의 외딸 영옥은 추근추근히도 따라다니는 신문 기자 조창건을 물리치고 승조만을 사랑하여 마지않았으나 승조는 영옥에게 아주 냉정하였다. 영옥은 승조의 그러한 원인은 순경이가 있기 때문이라고 두 사이를 의심하는 어느 날, 화신백화점에서 승조와 순경이가 나란히 하고 다니는 것을 보고 순경에게 격렬한 질투와 증오감을 갖게 되었다. 그리하여 순경을 찾아가 단판을 하려는 영옥의 마음의 스크린에는 언젠가 다방에서 '사모의 시'를 보여 준 청년 시인이요 순경의 오빠인 순환의 환영이 뚜렷이 클로즈업되었다.

13 — 의문의 방문객

순경은 승조가 저녁을 같이 먹자는 것을 굳이 사양하고

화신에서 곧추 삼청동으로 돌아오니 순환은 집에 없었다.

순경은 책상 머리맡에 걸려 있는「모나리자」앞에 단정히 꿇어앉아서는 가슴에 십자가를 긋고 고개를 소곳이 숙여 한순간 묵도를 올렸다. 그러고 나서야 비로소 살며시 일어나 옷을 바꿔 입고 저녁 채비로 부엌으로 나섰다.

한 시간 후 저녁이 다 되었을 때에도 그러나 순환은 돌아오지 않았다.

지루하던 여름 해도 이미 저물어 뜨락에는 제법 선선한 바람이 불었다.

순경은 죠로(如露)[74]에 물을 길어서는 한종일 뙤약볕에 시달린 화초에 물을 주었다. 시들었던 잎들이 금시에 펄떡펄떡 날뛸 듯이 싱싱해지는 것이 보기에만도 신선하다.

화단 둘레를 잡고 무리 지어 피는 채송화, 화무십일홍이라는 데도 족히 백 일을 견뎌 낸다는 백일홍, 꽃만도 귀여운데 덤으로 아가씨의 손톱까지 곱다라니 물들여 준다는 봉선화, 그 밖에 똑뚜화, 금전화, 맨드라미, 냉초꽃 등 우리네 조상 때부터 흔히 내려오는 꽃만으로 꾸려 놓은 소담한 화단이긴 하건만, 화단은 어느 때 보아도 평화롭다.

순경은 치마를 휘감싸며 꽃 사이로 들어가 영근 채송화 씨를 받고 일그러진 꽃줄기에 지주(支柱)를 세워 주고 하는데 대청 괘종시계의 여덟 시 치는 소리가 들려왔다. 그 소리에 순경은 문득 고개를 들어 대문 켠을 바라보며 순환

74) 물뿌리개의 일본 말

이가 왜 상기 안 돌아올까라고 생각해 본다. 그리고 뒤미처 시장함을 깨달았으나 순환과 단 두 식구인 만큼 순경은 언제나 오라비가 돌아오기를 기다려서야 저녁을 먹는 것이었다. 그러므로 순환도 만부득이 외식을 할 경위에는 반드시 그 멧센쟈[75)]로 집에 알리곤 하는 것이다. 오늘은 아직 그런 소식도 없으므로 아마 인제 곧 돌아오려니 여기며 눌러앉아 잡초를 뽑고 있노라니까 찌궁 찌궁 밖에서 대문 미는 소리가 난다. 순경은 오라비로 알고 재빨리 일어서 손을 털며 대문께로 가 문을 살며시 열다가

"아규! 웬일이세요?"

하고 깜짝 놀랐다.

대문밖에는 참말 뜻밖에도 영옥이가 사위의 황혼 속에서도 알아보리만큼 빨개진 얼굴에 어색한 웃음을 지으며 서 있는 것이 아닌가.

"놀라셨죠?"

"육축집[76)]을 용히도 찾으셨어요. 어서 들어오세요."

순경은 대문을 활짝 열어젖히며 상냥한 웃음으로 맞았다.

"순경 언니가 보구 싶어서 왔어요."

영옥도 대문 안으로 들어서며 생글하니 웃었다. 집에서 떠날 때에는 그만치나 순경을 원수로만 여겼고 또 그만치

---

75) 메신저. 1930년대 후반 종로외 본정, 명치정 등의 이름난 음식점이나 다방에서 상주하다시피 하면서 물건, 전보, 연인들의 편지를 전달하는 일을 했다.
76) 육축이 집에서 기르는 대표적인 여섯 가축을 뜻한다는 점에서, 누추한 집이라는 뜻으로 해석된다.

나 순경과 대목 담판을 해 볼 다짐이었건만 정작 순경의 온후한 낯을 대하고 보니 영옥은 스스로 용기가 풀 죽었다. 내가 역시 오해를 했던 것은 아니었던가 하고 자신을 나무라보지 않을 수 없었다. 참말 그도 그럴 것이 저렇게나 순결하고 인자한 순경에게 내흉한 남이 있을 성싶지 않았던 것이다.

"어서 들어와요! 상기 방에 불도 안 켜서……."

순경은 먼저 건넌방으로 들어가 불을 켠다.

"더운데 방에 들어감 뭣 해요. 밖이 더 선선한걸……. 아이, 이 화단 좀 봐, 꽃들이 퍽 아름다워요. 유가오[77]가 피었네."

영옥은 화단께로 가 선다. 그리고 낮에 종로에서 순환을 만났던 일을 생각해 내며 힐끗 큰방과 건넌방 켠을 돌아다본다. 순환이 없어 보이는 기색에 영옥은 가벼운 실망과 안도를 한꺼번에 느꼈다.

"이리 와요. 볼 것두 없는 화단을 뭘."

순경은 툇마루에 전등을 내걸고 방석 두 개를 내 깔며 말하였다.

"여긴 참 조용해서 좋겠어요."

영옥은 퇴장에 걸터앉았다.

"조용은 하지만 그 대신 풀숲이 흔해서 모기가 많어. 참, 부채질해요. 모기가 마구 덤빈다우."

"모기야 어딘들 없을라구요……. 언닌 참 이런 데서 조용

---

77) 메꽃과의 일년생 만초인 박의 일본 말

히 꽃 수업이나 허구 계시니까 꼭 수녀 생활 같애. 호호호."

"수녀 생활이 오직 좋다구……."

하고 순경도 생글 웃었다. 그는 수녀라는 말에 짜장 수도원 살림을 해 보고 싶은 충동을 일으켰던 것이다.

영옥 역시 제가 말한 '수녀'라는 문구에 야릇한 흥미를 느꼈다.

오직 '노동과 기도'로 나날을 보낸다는 성 수도원의 거룩한 생활—만약 승조와의 사이에 파탄이 생긴다면 영옥은 자기의 갈 곳은 짜장 수도원인 것만 같고 만약 영옥이가 그런 운명을 벗어나는 날에는 순경이가 대신 그 운명을 지녀야 할 것만 같이 느껴지기까지 하였다.

영옥은 살며시 순경을 쳐다보았다.

어딘지 모르게 긴장해 뵈는 순경의 얼굴은 쉽사리 건드리기조차 외람된 고상한 기품이 엿보였다. 짬을 보아 승조의 얘기를 끄집어내려고는 하면서도 순경에게 그런 희떠운 말을 지껄이는 것이 이편의 야비한 인격을 엿보이는 것같이 거북하기도 하였다.

영옥은 눈앞의 순경이가 오늘 낮에 화신에서 승조와 단둘이 다니던 여자임을 몇 번이고 제게 타일렀다. 순경은 거룩하지도 순결하지도 못한 여자라고 거듭 다짐을 두고 내살로 저를 격려는 해 보고 하나 저 모르게 위안됨을 어씨할 도리가 없었다. 결국 시간이 지체될수록 집에서 떠날 때에 먹었던 결심은 가물가물 가스라졌다.

"참, 인제 이내 방학이시겠죠?"

한참 만에 순경이 먼저 침묵을 깨트렸다.

"네, 모레부터예요. 요새두 가나마난걸요, 뭐."

"방학 때 어디 가셔요?"

"글쎄, 금년엔 아무래두 못 갈까 봐요."

하면서 영옥은 순경의 표정을 살펴보았다. 방학 때 어디 안 가겠느냐 묻는 순경의 말 뒤에는 무슨 딴 뜻이 포함되어 있는 것만 같이 들렸던 까닭이다.

그러나 순경은 별 이상한 표정은커녕 눈썹 한 대 까딱 않는 거기에 순경의 요염한 기교가 잠재해 있는 것이나 아닐까 하며 언젠가 꿈속에서 본 순경의 해괴하고 오달지던 거동을 연상하지 않을 수 없었다.

"어디 안 가거든 가끔 놀러 와요. 늘상 혼자 있으려니깐 퍽 갑갑해서 죽겠는걸."

"왜요? 순환 씨가 계셔서 괜찮으실 텐데……."

하고 순간 영옥은 승조보다 차라리 순환이가 남편으로서는 낫지 않을까 그런 생각을 해 본다.

"순환은 집에 있대야 책이나 읽구 그렇잖으면 도서관에나 가구 그런다우."

"여름에 아무 데도 안 가셔요?"

"순환은 송전[78]에 가자구 그러지만 난 가구 싫잖아서……."

"왜 가구 싫잖다구 그러세요. 송전은 참말 좋던데 어서

가셔요. 언니가 간다든 저두 한번은 놀러 갈게요."

이렇게 말하다가 영옥은 어느새 순경의 세계에 이끌려 들어간 저를 깨닫고 놀라며 맘속으로 한 걸음 물러선다.

"그럼, 우리 같이 가 볼까?"

"글쎄……, 언니가 먼저 가셔요. 나 뒤루 갈게요."

"난 혼잔 싫어!"

"혼잔 왜 혼자시라구……. 순환 씨두 가신다면서?"

"가긴 가지만……. 난 바다보담은 산이 좋아. 영옥인?"

"난 바다가 좋아. 산은 너무 적막하잖어요?"

"바다는 너무 거창해서……."

"그래두 순환 씬 바달 좋아하시는 게죠?"

"순환은 여름은 바다가 좋구 겨울엔 산이 좋댄다우. 욕심쟁이죠?"

"호호호, 시인이니깐 그러시지, 뭐."

하며 영옥은 순환이가 돌아왔으면 하고 대문 편을 바라보았다.

"이 여름에 선생님은 어디 안 가신대요?"

하고 순경의 입에서 아버지 말이 나오자 영옥은 퍼뜩 저번 날 밤에 아버지가 순경을 변호하던 말을 생각해 내고 정말 아버지는 이 여잘 연모하는 것이나 아닐까, 아버지와 승조가 둘 다 순경을 사랑한다면 어찌 될까 하고 속살로 생

---

78) 강원도 양양의 송전해변을 뜻하는 것으로 보인다. 1938년 8월 1일 자 〈동아일보〉를 보면 "여름철 젊은 남녀들의 숨박곱질터로 이름높은 송전(松田)"이라는 문장이 있다.

각해 보면서

"아부지요? 글쎄 아무 말씀 없으시든데."

"어디 가셨음 좋으실걸……. 그림 그리시자부터 퍽 피로하신 것 같든데……."

"그래두 그림이 끝나기 전엔 아무 데두 안 가실 거예요. 아부진 고집이 시셔서……."

하며 영옥은 승조의 얘기를 알아보는 것은 이때라고 스스로 맘을 도사리며

"참, 그림 끝나긴 아직 멀었겠죠?"

"자세힌 몰라두 상기 멀었을 거야! 인제 겨우 시다가끼79)나 된 걸 뭐……."

"승조 씨두?"

"거지반 비슷비슷한가 봐."

"승조 씨 것 퍽 잘되셨다구요!"

"나야 그림 볼 줄 알어야지."

"왜요! 잘 아실걸……."

"그걸 알믄 제법이지……. 뭣 모르구 모델이 됐드니 후회막급이라우."

"왜요?"

"그림을 모르군, 모델 노릇두 어렵다는걸."

"누가 그러세요?"

"승조 씨가……."

79) したがき(下書き). 초를 잡음. 초고, 초안을 뜻하는 일본 말

"참, 승조 씬 산과 바다 중에 어느 것을 좋아하시는대요?"

영옥은 지나가는 말 비슷이 물었으나 내심한 점 있었던 것이다.

"글쎄, 어느 걸 좋아하시는지……."

"아마 승조 씨두 산을 좋아하실 거야."

하고 영옥은 또 한 번 날카로운 시선으로 순경을 마주 보았다. 그러나 순경은 영옥의 날카로운 시선과 부닥치자 빤히 마주 보고만 있을 뿐 대답은 않았다. 찌르는 듯한 영옥의 시선이 순경을 놀라게 하였던 것이다.

영옥은 차라리 제 심정을 솔직히 고백할까 했으나 차마 자존심이 허락지 않아 꾹 참아 버리고 말았다.

"방학하거든 우리 교외에 놀러 가요. 네?"

하고 이윽고 순경이 딴 데로 말머리를 돌렸다.

"참, 그럽시다. 언니! 난 교외로 나가는 게 제일 즐거워."

영옥의 말에 순경은 문득 내일 승조와 함께 피크닉 가기로 약속한 것을 생각해 내고 시방 영옥에게도 알려 같이 가자고 유인할까 하다가 아직 구체적으로 결정도 되지 않은 것을 미리 알릴 필요도 없었고 다 결정된 후에 알리더라도 그만일 것 같아 꾹 참아 두었다.

아무려나 가기로 결정만 된다면 기어코 영옥도 이끌리라 내속 단단한 결심만은 하였다.

아홉 시가 다 되어서 영옥은 가겠다고 일어섰다. 순경은 세균검사소 앞까지 배웅하였다.

"인제 그만 들어가세요. 집두 비었는데."

"그럼, 조심히 가셔요."

영옥과 헤어져 집으로 돌아오면서도 순경은 영옥의 찾아왔던 이유를 알아내기에 골몰하였다. 뭐 지나는 길에 들렀던 게라고 믿어 두면 그만이긴 하였으나 어쩐지 단순히 그렇게만 믿어 넘기기에는 영옥의 행동이 너무 수상하였던 것이다.

'혹 승조와의 사이를 의심하는 것이나 아닐까?'

순경은 퍼뜩 그런 생각이 들었다. 승조도 산을 좋아하느냐고 묻기에 솔직히 모른다고 대답했는데도 "아마 승조 씨두 산을 좋아하실 거야" 하고 말하던 때의 영옥의 날카롭던 시선이 이상하게도 순경의 마음에 걸려 내려가지 않았다.

하긴 내게 흑심이 없는 바에야 두려울 것도 저어할 것도 없다고 적이 안심이 되면서도 제 채신머리가 남에게 의혹을 사게 되었던가 하여 순경의 마음은 역시 괴로웠다.

순경은 방으로 들어가 단정히 엎드려서 영옥에 평화를 주도록, 그리고 제가 죄악을 범치 않도록 주님께서 늘 지켜 달라고 간곡한 기도를 올렸다.

14 ─ '사모(思慕)'의 시

별러서 찾아가긴 했으나 정작엔 요긴한 말 한마디도 못

하고 맹랑하게 돌아오는 영옥은 그러나 마음이 적잖이 우울하였다. 순경과 마주 앉았을 때에는 거의 잊어버리다시피 되었던 화신에서의 광경이 새삼스럽게 아롱아롱 눈앞에 떠 버려졌다.

'내가 못한 탓이야⋯⋯.'

경복궁 담 기슭의 호젓한 밤거리를 외로이 거닐면서 영옥은 입 밖에 내어 저를 경멸해 보았다. 아무런 얘기를 해도 눈썹 한 대 까딱 않는 순경―순경의 그 차디찬 동작이 자꾸만 영옥의 가슴을 엎누르는 듯하였다.

결국은 승조를 순경에게 빼앗기고 마는가 하니 영옥은 쇠망치로 정수리를 휘갈긴 듯도 하였다.

서글프고 안타까운 심정에 발부리만 내려다보며 일없이 거니는데 문득

"아, 영옥 씨 아니십니까?"

뜻밖의 부름에 고개를 드니 눈앞을 막아선 것은 순환이었다.

영옥은 반가웠다. 서글픈 때라서 그런지 이국에서 고향 사람을 만난 듯한 느낌이었다.

"인제 돌아오세요! 댁에서 순경 언니가 무척 기다리시든데요."

"저희 집에 다녀오시는 길입니까?"

"네. 참, 아까 차 안에서 저를 부르셨죠?"

"들으셨든가요? 다음 정류장에서 내려서 찾아가니까

벌써 안 계시드군요."

"그러셨어요? 미안하게 됐어요."

참말 영옥은 미처 거기까지 주의가 미치지 못하였던 것
이 민망하였다.

"어디 차나 마시러 가시죠. 바루 댁으루 가시는 길이겠
죠?"

그리고 순환이 앞서 걸어 나가므로 영옥은 굳이 사양은
않았다. 이런 때 순환의 침착한 거동은 몹시도 영옥의 설레
는 심정을 부드럽혀 주었던 것이다.

언젠가 제일다방에서 소슬바람 같은 인상을 얻은 일이
또 한 번 되풀이되는 셈이었다.

둘이는 사오마정 거리를 걸어 길가의 찻집에 들어앉기
까지 별반 말이 없었다. 그리고 순환은 박스에 가 앉기가
바쁘게 담배를 붙여 물고는 제 입에서 토하는 아롱진 연기
만을 취한 듯이 바라보고 있는 것이다.

그러다가 마침내 뽀이가 주문을 채근했을 때야 비로소

"참, 뭣 잡수시렵니까?"

하고 영옥을 건너다보았다.

"뭐든 좋아요. 같은 걸루 하세요."

"그럼…… 히야시 레몽[80]."

하고 뽀이에게 이르고 나서

"레몽 좋아하십니까?"

80) 차가운 레몬티

미심스러워 영옥에게 되묻는다.

마침 축음기에서는 〈아베 마리아〉의 곡이 울려 나왔다. 그 소리에 순환은 문득 생각난 듯

"참, 인제 졸업식 작곡을 하셔야겠군요."

하고 빙그레 웃었다.

"하긴 해야겠는데 알어야죠."

"앞날이 상기 멀었으니까……."

"그래두 다들 벌써부터 서두르는데요."

"영옥 씨의 솜씨를 보여 주십시오. 퍽 기대합니다."

"아이! 제가 뭘 알기요."

영옥은 반가우면서도 금시로 어깨가 묵중해지는 듯한 책임을 느꼈다. 아무것도 모르는 내게도 이렇게 기대를 갖는 분이 숨어 계시든가 하니 영옥은 탐탁히 공부조차 않았던 것이 번개같이 후회스러웠다.

순환은 차를 마시는 것을 동기로 하고 또 말문이 막힌 듯하였다.

"요샌 왜 시 안 쓰셔요?"

이번엔 영옥이가 말을 걸었다.

"시를 어디 그렇게 말대루 쓸 수가 있습니까. 시라는 건 산문과두 달러 이를테면 시흥이 절정에 달했을 때에 절로 우러나오는 게지 억지 태수루 꾸밀 수는 없으니까요."

"그래두 다른 분들은 마구 지으시든데요."

"글쎄올시다. 전 시를 지어 본 적은 없으니까 모르겠습

니다. 끓어오른 시흥을 읊어 본 적은 있어두…….”

“그래서야 언제 시집을 내 보시겠어요?”

“시인의 욕망이 시집 내는 데 있지는 않겠지요. 감정의
충격을 제어할 수 없어 감흥 그대로를 솔직히 노래 부르는
것이 시인의 본무라고나 할까.”

“그래두 시집두 내셔야죠.”

“세월에 맡길 일이겠죠.”

하고 순환은 담배를 한 모금 빨다가 문득 생각난 듯이
포켓에 집어넣었던 한 권의 얄따란 책을 끄집어내 영옥에
게로 내밀어 주며

“저희들의 시 동인지『향원(香苑)』입니다. 변변치 않지
만 읽어 보세요.”

한다.

말끔한 흰 바탕에 ‘향원’이라고 단 두 자만 빨간 빛깔로
인쇄한 책은 마치 순환의 취미와 인품을 말하는 듯이 아담
하다.

“아이, 체제가 퍽두 아름다워요.”

책을 손에 들자 영옥은 절로 감탄의 말이 우러나왔다.

“내용이 하두 빈약해서…….”

“왜 그러실라구요. 편집은 누가 맡아 보셔요?”

“제가 맡었습니다만…….”

하고 대답하여 역시 그럴 게라고 영옥은 회심의 고개를
끄덕였다.

첫 장을 넘기고 목차를 살폈다.

그리하여 맨 먼저 순환의 시를 골라냈다. 「사모(思慕)」라는 다음과 같은 시였다.

사모

구름을 타고 지향 없이 달래는 마음이여!
외로워 외로워 낙조에 눈물지우다.

꿈을 찾아 헤매기 몇 세월이던 어느 날 거리의 다방에서 샛별을 보고
가슴은 호수처럼 퍼덕이다.

수정 쟁반 위의 머루알인 양
꿈에 충만한 네 눈동자여!

외로운 마음—폐허의 장벽에
미래의 부조(浮彫)를 아로새기다.

읽고 나자 영옥은 어쩐지 향긋한 분위기에 취한 듯 까맣게 익은 머루알을 혀끝으로 굴리는 감흥이 솟아올랐다. 시의 어느 구석에 영옥 자신의 '영'자가 어딘지 모르게 숨어 있는 듯하였다.

'나를 상념에 두고 지은 시가 아닐까?'

영옥의 시선은 좀처럼 시에서 떠나지 않았다.

'꿈을 찾아 헤매기 몇 세월이던 어느 날 거리의 다방에서 샛별을 보고 가슴은 호수처럼 퍼덕이다.' 이 구절은 언젠가 제일다방에서의 기분을 표현한 것이니 아닐까.

그때의 순환은 너무나 침착하긴 하였다. 하지만 내심의 연소가 너무 치열했던 까닭에 겉은 반비례로 냉각해졌을 는지도 모를 일이다.

영옥은 고요히 고개를 들어 순환을 쳐다보았다. 순환은 조용한 눈시울로 그윽이 영옥을 마주 보고 있다가 두 시선 이 맞부딪혔을 때에도 별반 당황하는 일이 없이 무슨 암시 라도 주듯 눈동자에 애잔하고도 정끼 있는 광채를 샘솟쳤 다.

그 시선을 받아 영옥은 전신이 화끈 달아올랐다.

보이지 않는 사모의 정열이 온몸을 안개처럼 감싸고 도 는 듯하였던 것이다.

'순환과 결혼할까?'

영옥은 아까도 그런 궁리를 했던 것을 생각해 내며 고개 를 숙여 그 시를 한 번 더 외워 보았다. 시를 읽어 가는 동안 에 순환과 결혼한다면 짜장 행복이리라고 모르는 결에 수 긍해 버렸다.

"열 시가 넘었으니 그만 가 보시죠."

문득 순환이가 모자를 쓰며 일어나는 바람에 영옥은 당

황히 손을 내밀며

"책 받으세요."

"한 부 드리죠. 변변찮지만 읽어 보세요."

영옥은 간곡한 마음으로 감사의 뜻을 표했다. 얄따란 한 권의 책에 지나지 않지만 영옥은 오늘 밤의 선물처럼 귀여운 소물(小物)로 느껴 본 적은 일찍이 없었던 것이다.

거리에 나섰을 때 순환은 전차 정류장까지 영옥을 바래다주었다. 그리고 영옥을 실은 전차가 움직이기를 기다려 순환은 어둠 속으로 사라지고 말았다.

저번 제일다방에서 헤어진 때와 한가지로 영옥은 순환과 헤어지면 이상하게도 서운한 마음이 들곤 하였다.

안타까이 생각해 내려 하면서도 종시 찾아내지 못했던 이야기를 그대로 남겨 두고 헤어진 듯한 아쉬움이었다.

헤어진 때마다 한결같이 서글퍼지는 것은 순환이 뿌리고 간 인상이 너무 맑고 깨끗한 탓이나 아닐까.

맑고 깨끗한 인상을 뿌리기는 순경도 매 마찬가지였다. 하긴 영옥이가 순환에게 저 모르게 맘 쏠리듯 승조는 순경의 지나치게 청렴한 거동에 자석에 이끌리는 철물처럼 빨려 들어가는 것이나 아닐까. 영옥의 머릿속에는 번개같이 승조의 환상이 지나갔다.

사랑이란 따라오는 사람을 헤아리기보다 쫓아가며 빌붙는 데 더 기쁨이 있을 것이 아닐까 하니 영옥은 갈수록 이롭지 못한 처지에 서 있는 자신을 발견하자 순환의 인상은 감쪽같이 잊은 채 마음은 불현듯이 산란하였다.

다짐하고 순경을 찾아갔던 길이 이렇게 허랑하고 맹랑해진 것이 스스로도 싱겁기 짝이 없었다. 하긴 뜻하지 않았던 순환의 시를 읽자 한결 마음의 상처가 아문 듯은 하였으나 귀결 맺어야 할 요긴한 사건은 그대로 고스란히 남겨져 있는 것을 생각하면 마음은 거니는 밤거리와도 같이 침울하고 답답할 뿐이었다.

으슥한 골목으로 접어들 때마다 영옥은 새삼스럽게 승조가 그리워져 통 하든 탕 하든 어서 날래 모든 것이 정리되는 날이 닥쳐 왔으면 하는 초조와 조급증에 기분은 갈피갈피 갈라졌다.

15 — 기회와 기회

이튿날은 쾌청이었다.

승조는 눈을 뜨기가 바쁘게 소년과도 같이 달뜨는 마음으로 영창을 열고 날씨를 살펴보았다.

순경과 교외로 놀러 나가기로 약조한 오늘 모든 것은 자기를 위하여 축복을 올려 주는 듯하여 가슴은 사뭇 울렁거렸다.

마치 일생의 운명이 오늘 하루의 성과 여하에 따라 완전히 좌우될 것만 같이 중대한 이날임을 느끼는 것이었다.

지워 버리래야 지워 버릴 수 없는, 언젠가 안양에서 본 순경의 그림같이 아름답던 장면 속에서 오늘은 스스로 남주인공의 역할을 맡게 된 자기가 꿈결같이 행복됨을 느끼기도 하였다.

거붓한[81] 피크닉의 차림에 사생 화구를 둘러메고 승조가 약속의 장소에 찬란한 마음으로 나타난 것은 약속 시간보다 이십 분이나 앞서였다.

얼마 후에 찾아올 마음의 귀인과 아울러 어디라고 작정하지 않은 행선지가 마치 떼어 보지 않은 선물 상자와도 같이 기다리는 마음을 안타깝게도 달뜨게 하였던 것이다.

때에 따라 경우를 쫓아 감격과 감흥에 취해 본 적도 가끔 있었으나 오늘처럼 몸과 마음이 한결같이 영롱한 분위기 속에 잠겨져 본 적은 일찍이 없었던 것이다.

날라 온 차도 마실 넘은 않고 하루에 벌어질 현혹할 장면에 정신을 뽑히고 있는데 별안간 어깨를 툭 치며

"옆에 사람을 못 알아볼 만치 정신을 뽑아 놓고 기다려야 할 암고양이는 대체 누군가?"

하고 여느 때의 갑절이나 커 보이는 창건의 얼굴이 별안간에 눈알 속으로 달겨들 듯 절박히 조여들었다.

"응, 조 군인가. 일전엔 참……."

엉겁결에 승조는 겸연쩍음을 당황과 감추려고는 했으나 오히려 볼꼴 없었다.[82]

81) 무게가 적어 가볍다.

창건에게 맘속을 뽑힌 듯한 우울과 아울러 거리낄 장소에서 공교롭게도 심정 사나운 친구를 만나게 된 것이 몹시도 불쾌하였다.

"답지 않게 겁내는 것도 꼴불일세. 차림새가 거붓하니 어디 교외 향락이라도 가는 길인가?"

짓궂게 창건은 맞은편 의자로 와 털썩 주저앉는다. 언제 보나 유들유들한 그다.

"자넨 언제나 그 입심을 버려 보겠나?"

지난한 순간의 감정에 몰려, 승조는 약간 나무라는 낯색으로 갚았다.

"나무라는가……. 생각해 보게. 입심밖에 더 남을 게 무엇이 있겠나."

"내게 다 울화를 풀어 보자는 심산가?"

"아닌 것도 아니지! 옛날 서구 풍속 같으면 결투했을 판이니까."

맘속에 영옥과의 관계를 한 점 집고 빈정거리듯 싶은 창건의 언사에 승조는 차라리 어이없어 대꾸는 않고 멀리 시계만 쳐다보았다.

"약속한 시간에 나타날 귀공주는 역시 영옥 씨겠지?"

"빗나간 억측은 말어 주게."

승조는 딱 잘라 대답하였다.

때마침 출입구에 순환과 순경이 앞서거니 뒤서거니 나

---

82) 원문에는 '볼꼴 적었다'로 표기되어 있다. 남이 보기에 망측하고 흉하다는 뜻

타났다.

"오래 기다렸나!"

순환은 승조에게로 다가오다가 의외의 창건을 발견하고 멈칫 머물러 선다.

"요—, 순환 군 아니시오?"

하고 창건이 먼저 수다스럽게 말을 걸자

"오래간만입니다."

순환은 정중히 인사하였다. 창건과는 신춘문예 당선 관계로 풋낯은 있었던 것이다.

순환과의 인사가 끝나자 창건은 등 뒤에 나타난 낯모를 순경을 눈부신 듯 현혹한 심정으로 바라보고 있었다.

속된 거리의 풍속으로는 함부로 바라보기조차 외람된 동뜨게 뛰어난 용모에다가 날 듯이 가벼운 차린 몸치장이 창건으로 하여금 정신을 펄쩍 차리게끔 하였던 것이다. 한순간이 지난 후 승조가 어디서 이런 보배를 캐냈을까 하는 부러움이 앞섰다. 아름다움의 표본으로만 여겼던 영옥도 이 자리에서는 아무런 광채도 발휘하지 못할 듯한 그런 느낌이었다.

순환과 순경이 적당히 자리를 잡기까지는 아무도 말이 없었다. 각각 자리를 잡았을 때에도 창건은 수월히 일어나려 하지 않으므로 순환은 싫고 좋고 간에 누이를 소개하는 수밖에 없었다.

"소개하죠. 제 누입니다. 순경이라구⋯⋯. 이분은 S 신문사에 계신 조창건 씨."

"아, 그러십니까. 앞으루 많이……."

창건은 대견스레 허리를 굽혔다 편다. 어수선한 공기가 가라앉아 다시 침묵으로 돌아갔다. 그제사 창건은 비로소 제 존재를 군충[83])임을 깨달았으나 지레 궁둥이를 떼고 일어서기보다 먼저

"어디들 놀러들 가시는 모양이시군요?"

하고 가장 만만해 보이는 순환에게 대답을 요구하였다.

"글쎄, 어디든 가까운 데 놀러 가 볼까 합니다만."

"좋으시죠. 오늘은 한강두 좋겠습니다. 날두 덥구 해서……."

그리고 창건은 일어서서

"그럼, 어서들 가 보시오."

했다.

영옥을 기다리려니 했던 억측이 빗나간 대신에 순경의 인상은 너무도 창건의 머리를 어지럽게 하였다. 욕심을 맘대로 부리자면 순경을 제 것으로 만들어 보고 싶은 마음도 어지간히 아니다. 핏대의 줄기줄기에까지 수물거렸으나 두 마리의 토끼를 한꺼번에 쫓아 잡으려고 덤비도록 미련한 창건도 아니었다.

우선 손 가까운 영옥을 먼저 잡아 놓고야 이러고저러고 할 일이라 하였다.

---

83) '쓸데없는', '덧붙은'을 뜻하는 접두사 '군-'에 벌레 충(蟲)을 더한 말로 보인다.

더구나 영옥과 승조와의 관계를 재검토할 필요를 느낀 지금에 있어서랴! 언젠가 비장한 각오로 단념의 편지를 영옥에게 띄워 '최후의 만찬'이니 어쩌니 한 것은 상대편의 부질없는 경계심을 늦추어 보자는 심사였지 실상인즉 한결같이 기회를 노리고 엿보고 해 올 데는 여전이나 별다름이 없었던 것이다. 본정 거리에서 승조와 영옥의 짝지어 나타난 것을 보았을 때 창건은 실상 승조가 만만치 않은 적수임을 깨닫고 한순간 기가 꺾이긴 하였으나 승리감은 스스로 느낄 수 있었던 것이다.

연애도 삼각관계에 이르면 이미 전쟁일 것이 승부를 위하여 수단을 가릴 필요가 없다는 것이 창건의 건전한 처세술이요, 숭상하는 연애 철학이기도 하였다.

영옥을 만나야 할 필요와 구실을 한꺼번에 얻은 창건은 거리에 나서는 길로 시간을 보았다.

여덟 시 사십칠 분—

"앗차!"

창건은 거의 꼴사납게 부르짖으며 한순간 발을 멈추고 아연히 서 있었다.

경성역으로 영옥을 만나러 갈 생각이었으나 신촌행 통학 열차 시간은 이미 사십 분이 지났던 까닭이었다.

창건은 머물러 선 채 고개를 비틀이 직당한 계책을 골몰히 생각하다가 다음 순간에는 고개를 한번 흔들어 혼란된 생각을 물리치고 나서는 조금도 지체하는 일 없이 종각 앞

공중전화실로 뛰어 들어가 버리는 것이다.

　무의미한 존재인 창건이가 나가 버리자 셋은 비로소 기분이 엉기어

"어디루 가게 마련되었습니까?"

하고 승조가 순경을 똑바로 쳐다보며 빙그레 웃었다.

"말씀대루 뚝섬으로 가셔요."

"봉은사까지두 괜찮지!"

하고 순환이 보탰다.

"영옥 씨두 가시도록 하세요. 네?"

순경은 승조를 마주 보며 말하였다. 실상인즉 아까 집에서 영옥의 얘기가 나오자 순환은 대찬성이었던 것이다. 그러나

"영옥 씨? 학교에 안 갔을까?"

하고 승조는 그다지 내키는 모양이 아니었다.

하지만 순경은 영옥을 꼭 데리고 가야만 마음이 놓일 것 같았다. 뭐 승조를 못 믿었다거나, 여자는 저 혼자라서 그러한 생각보다도 암만해도 수상쩍던 영옥의 태도를 직감으로 알아챈 순경은 영옥에게 실없는 의심을 사고 싶지 않았던 것이다.

"학곤 별 차질 없을 거예요. 저 전화 걸어 볼게요."

순경은 일어서 영옥의 집에 전화를 걸었으나 암만 기다려도 받는 사람이 없다. 하는 수 없어 끊고 학교로 한번 걸

어 볼까 하다가 '웬걸 학교엘 갔을라구. 집으로 가서 데리 구 오는 것이 예의겠지' 하는 생각에서

"전화가 나오질 않아요. 저 얼른 다녀서 데리구 올게. 미 안한 대루 잠시 기다리세요."

하고 핸드백을 들고 일어섰다.

"언제 거길 가셨다 오십니까. 우리끼리 가기루 하죠!"

일어서는 순경을 쳐다보며 승조가 말했다. 실상 승조는 오늘의 피크닉에서는 순경과의 조용한 시간을 가져 보고 싶은 오직 그 기대뿐이었으므로 인제 영옥이가 낀다면 아 주 품었던 희망이 수포로 돌아간다고 생각되었던 것이다.

그러나 순환으로 보면 사정은 또 좀 달리 영옥이가 참가 하지 않는다면 애초부터 승조와 순경 사이에 낄 아무런 흥 미도 없으므로

"무얼 삼십 분이면 다녀올걸! 어서 곧 다녀오시우!"

하고 누이를 눈으로 재촉하므로 순경은 총총히 밖으로 나와 버렸다. 그리하여 거리에서 택시를 잡아타자 순경은 문득 승조 씨는 왜 영옥을 꺼릴까, 승조 씨는 정말 내게 딴 뜻을 품고 계신 것이나 아닐까—이렇게 생각되자 지빈 날 승조의 팔이 세 어깨에 닿았을 때 벼락같이 죽은 남편의 체 취를 느꼈던 것을 회상하고 저 모르게 몸서리치지 않을 수 없었다.

혈관에 흘러넘치는 청춘의 정열을 아무리 감싸고 억누 르고 해도 기회가 있을 때마다 머리를 들곤 하여 순경은 야

릇한 청춘의 향기에 아련히 취하면서도 다른 한편으로는
취하는 자신을 깨우치기에 무척 애를 쓰는 것이었다.

16 — 마(魔)의 한강으로

공중전화실로 들어선 창건은 전화 수화기를 들기가 바
쁘게 R 전문학교로 전화를 걸어서 영옥에게 대 달라고 하
였다.

그러나 일은 갈수록 공교로워 오늘 영옥은 나오지 않았
다는 저편의 대답이었다. 그래 수화기를 내던지듯 하고 창
건은 잠시 얼빠진 사람처럼 어찌할 바를 몰라 멍청히 섰다
가 이어 딴 방책을 궁리하듯 밖으로 뛰어나오자 지나가는
택시를 잡아타고 사직정 영옥의 집으로 향하였다. 그리하
여 차가 영옥이네 집 대문 앞에 머무는데 원피스를 입은 영
옥이가 지금 어디 외출이라도 하려는지 딱 현관 앞으로부
터 나타나고 있었다.

"영옥 씨! 영옥 씨!"

창건은 차에서 내리자 반허리를 굽히고 벙글벙글 웃으
며 영옥의 앞으로 다가왔다.

"아이! 조 선생님이……."

영옥도 반사의 웃음을 지어 보였다. 언젠가 절교장을 받
은 후로는 처음 만나는 창건이요, 그러므로 그때 미안했던

생각이 절로 영옥으로 하여금 교태를 부리지 않을 수 없게 하였다. 그러나 영옥은 지금 오래간만에 승조를 찾아가는 길이므로 내심 성가시지 않은 것은 아니었다.

"어디 나가시는 길이십니까?"

"아뇨. 잠깐……."

"외출하시는 길이거든 같이 나가시죠. 잠깐 한 말씀 영옥 씨의 신상에 관한 중대 사실을 보고할 것도 있고 하니……."

하고 창건은 득의의 미소를 벙실거리며 머물러 섰는 자동차께로 먼저 걸어 나간다.

"제 신상에 관한 중대 사실이요? 호호호, 조 선생님은 또 무슨 시바이[84]를 꾸미시는 거예요?"

영옥은 재치 있게 웃어 보였다. 한번 재치 있게 웃어 보임으로써 좋지 않게 지나간 날의 미안쩍던 감정을 모두 불살라 버릴 수 있을 것만 같이 느껴졌던 까닭이었다.

"시바이라구요? 천만에……. 참말이지 영옥 씨께는 중대 사건이 아닐 수 없는 일이지요. 저는 차라리 보고도 못 본 척 알고도 모르는 척하려 했습니다. 저로서는 그런 태도를 취하는 것이 당연하다고도 생각했지요. 하지만 언젠가 말씀드린 바도 있거니와 영옥 씨가 불행한 처지에 계시게 될 것을 알고도 저는 도저히 모르는 척할 수가 없더란 말씀입니다."

84) 연극을 뜻하는 일본 말

하고 창건은 수다스럽게 수선을 떨고 나서는 자동차 문을 열고 비켜서며

"타십시오. 서서히 말씀드릴 테니……."

하였다.

영옥은 처음은 단순한 시바이로 알았던 터이나 창건의 표정이 정말 진실스러움을 발견하자 점차 마음이 어두워 와서 인제는 저 모르는 외딴 지역에서 제 자신에 대한 어떤 불행의 수레바퀴가 맹렬히 돌고 있음을 깨닫지 않을 수 없었다. 그리하여 미처 깊이 생각할 새도 없이 권하는 대로 자동차에 올라타며

"조 선생님 하시는 일이야 언제나 시바이시지, 뭐."

하고 끝내 시바이로 몰아 버리려고 한다.

사실이지 영옥은 창건의 준엄한 태도에 은근히 압박이 느껴져 태도가 정말 한낱 시바이였으면 하고 속살로 빌기도 하였다.

"글쎄, 영옥 씨야 시바이로 아시건 어쩌건 전 저대로 보고 듣고 한 사실을 보고할밖에 없겠지요……. 운전수, 광화문—"

하고 창건은 우선 차가 움직이기를 기다려 담배를 서서히 피워 문다.

시간을 지체함으로써 상대편에 압박을 주자는 수단일시 틀림없다.

창건이 담배를 피워 무는 동안은 이삼 분의 시간밖에 아

니었으나 그러나 그동안이 영옥에게는 사실 영원처럼 길게 느껴졌다. 그렇다고 볼꼴 사납게 제 편에서 먼저 서두를 수도 없고.

'내 신상에 관한 일……? 내 불행……? 대체 무엇일까……? 승조 씨의 일일까……. 승조 씨와 순경이가 혹……? 내 신상에 관한 일이라면 승조 씨에 관한 일일 게고, 승조 씨에 관한 일이라면 순경과의 관계가 아닐까?'

영옥의 머리에는 화신에서 본 승조와 순경의 양자와 아틀리에에서의 그들의 친밀하던 정경이 다음에서 다음으로 요지경처럼 전개되었다.

"저— 다른 게 아니라요—" 하고 차가 내재정 파출소[85] 앞을 바른편으로 꺾어 돌 때에 창건은 말 허두(虛頭)[86]를 내놓고는 그대로 잠잠해 버린다.

"……?"

영옥은 저 모르게 얼굴에 긴장미를 떠었다.

"…… 이런 말씀은 영옥 씨에겐 들려 드리지 않는 것이 좋으리라고는 생각합니다만 어차피 엄연한 사실이므로 언제든 한번은 영옥 씨도 아실 일이기에 지금 말씀드리는 바입니다만. 저…… 물론 영옥 씬 승조 군을 사랑하시겠죠?"

"아이, 꼭 죄인 심문하는 검사 같으세요?"

---

85) 1936년 조선총독부는 경성부를 확장하면서 기존의 '동(洞)'을 전부 '정(町)'으로 바꾸었다. 영옥의 집이 사직정, 즉 사직동이니 내재정 파출소는 당시 북부경찰서 서대문 분서 관내에 있던 '종교(宗橋) 순사파출소', 내자동 파출소를 이르는 말로 보인다.
86) 글이나 말의 첫머리

영옥은 이렇게 말하였으나 사실인즉 창건의 질문에 벌써 모든 것을 알아채고 가슴이 덜컥 내려앉았다.

"아닙니다. 제가 지금 알려 드리려는 길과 영옥 씨가 승조 군을 사랑하신다는 사실과는 큰 관련이 있으니깐 말씀이죠……. 영옥은 혹 순경이라나 한 여잘 아십니까?"

"네, 알어요."

'역시…… 역시 승조 씨와 순경이가…….'

영옥은 눈앞이 캄캄해 왔다. 그러나 영옥은 끝내 그들의 사이를 명확히 알고 싶어 가까스로 정신을 수습하여 창건을 마주 보았다.

"그럼 승조 군과 순경 씨와의 관계도 벌써부터 알고 계십니까!"

"…… 무슨 관곌요?"

"무슨 관계라니요. 남녀관계 말씀이지요. 가령 그들 단둘이서 오늘 한강 놀일 나간다는 일이라든지 그러한 것까지……."

"……."

영옥은 인제조차 더 무슨 대꾸도 질문도 있을 수 없었다. 자못 옥구슬같이 맑은 물이 잔잔히 넘실거리는 한강 위에서 한 쌍의 청춘남녀가 보트를 타고 저어 가며 즐거운 시간을 보내는 꿈결 같은 광경이 오직 영옥의 정신을 현혹케 할 뿐이었다.

'어제 만났을 때에도 손톱만치도 그런 티를 안 보이던

순경이가—순경은 역시 앙큼한 년이다.'

오랜 시간을 두고 아슬아슬 기다리던 가느다란 희망의 줄이 인제는 순간에 푹 끊어지고 만 듯 영옥은 어이할 바를 몰라 천치처럼 어리둥절해진다.

영옥은 오히려 너무나 맹랑한 제 정신 상태가 무의미했다. 갈피를 차릴 수 없는 채 그저 몽롱한 정신 상태와 사지를 가누기조차 어려운 육체적인 무기력—슬픔도 괴로움도 느낄 수 없고 단지 이대로 어디까지든 한없이 달리기만 하면 그만일 것 같은 오직 그런 기분뿐, 옆에 앉은 사내가 조창건이건 최승조건 김순환이건 그런 걸 가릴 바 아니었다.

번개같이 스치고 지나가는 '김순환'이란 석 자에 순간 애잔한 흥분을 아니 느끼는 것도 아니었으나, 유성 같은 빛을 보이고 그것마저 사라져 버리자 머릿속은 그믐밤처럼 캄캄하였다.

차가 광화문 네거리에서 머뭇거리자

"한강— 한강으루—"

창건은 지체 않고 운전수에게 명령하였다. 천재에 일우인 이 기회에 영옥을 아예 앗아 버리자는 창건의 심산이었다.

한강이라는 말에 영옥은 발작적으로 고개를 번쩍 들었으나

'한강……. 승조와 순경이가 나갔다는 한강— 흥! 내 그 꼴 좀 봐 줄걸!'

영옥은 이렇게 속살로 부르짖고 나니 어째 갑자기 창건

이가 사내답게 믿음직스러워서 영옥은 커브의 동요에 휩쓸리는 척 몸 전체를 창건의 어깨에 떠맡기며 가만한 한숨을 깨물어 버렸다.

간 곳마다 지체받고 업신여김받은 이 몸뚱어리를 반가이 맞아 줄 사람은 역시 창건이밖에 없을 성싶었던 것이다.

성숙한 여자의 육중한 무게와 관능적인 체취를 한꺼번에 느끼자 창건은 푸짐한 쾌감에 흐뭇이 취한 채 야욕적인 눈을 지그시 감아 버렸다.

차는 포탄처럼 목적지인 한강으로, 한강으로 질주하고—

6회

경개(梗概)

칠십이 다된 양화계의 선구자인 추강 화백과 그의 제자 최승조는 미모의 미망인이요, 진실한 가톨릭교도인 김순경을 모델로 하고 그림을 그리는 동안에 서로 다 순경을 연모하게 되었다. 한편 노화백의 외딸 영옥은 밤낮으로 못살게 따라다니는 신문 기자 조창건을 물리치고, 안타까이 승조를 사랑하였으나 승조는 너무 냉정하였다. 그러한 어느 날 영옥은 순경의 오빠요 신진 시인인 순환을 알게 되었고 그 후 순환에게서는 「사모」라는 시까지 받았다. 그리하여 영옥은 순환을 잊지 못하는 한편 승조를 그리워하다가 화신백화점에서 승조와 순경이가 짝지어 다니는 것을 보고는 그 둘의 사이를 맹렬히 질투하였다. 그러자 어느 날 조창건이가 찾아와 승조와 순경과의 비밀을 알려 준다고 하면서 영옥을 한강으로 데리고 나갔다.

17 — 한강의 이리

창건이가 보트를 세내는 동안 영옥은 강가에 우두커니

선 채 아래위를 살펴보았다.

아직 시간이 이른 탓인지 강가에는 별로 멱 감는 사람도 없고 보트를 젓는 이도 보이지 않는다.

'승조와 순경은? 상기 안 나온 것일까?'

아무리 살펴보아도 그들이 보이지 않는 것이 안타까우면서도 한끝으로는 은근히 마음이 놓였다.

'먼저 나오길 차라리 잘했다.'

영옥은 이렇게도 생각해 본다.

여 봐란 듯이 창건이와 둘이 보트를 타고 있는 광경을 그들에게 보여 주는 것은 얼마나 유쾌한 일인가?

'버림을 받았다고 못나게 씩씩 울어 쌌는 것보다 너면 너구 나면 나라구 버젓이 배통 내밀구 다닐 일이다. 세상엔 어디 승조 너만 사내라드냐! 창건이라구 너만 못할 법도 없지 않느냐?'

영옥은 시원한 강바람을 쏘이자 마음은 제법 선선히 먹어 보면서도 눈은 역시 무서운 그 무엇을 골똘히 찾고 있었다.

"기다렸습니다. 타십시오!"

창건은 영옥의 앞에까지 보트를 끌고 와서는 비켜서며 타기를 권한다.

영옥은 주저치 않고 탔다. 영옥이가 자리를 잡고 앉기를 기다려 창건도 보트를 물 깊이로 떠밀며 성큼 올라앉았다.

보트가 보기 좋게 물속으로 미끄러져 나가자

"아직 시간이 이른 모양이군요."

하고 창건은 무슨 변명이라도 하듯 중얼거린다.

승조와 순경이가 한강으로 나왔다는 구실로 영옥을 여기까지 끌고 나오긴 했으나 사실인즉 그것은 단순한 추측이었을 뿐이던 까닭이었다. 그러나 영옥은 대꾸는 않고 한 번 더 강의 아래위를 훑어본다.

"그 죽들이 틀림없이 나왔을 텐데……."

영옥이가 승조를 찾는 눈치를 채자 창건은 혼잣말 비슷이 중얼거리며 노를 좌우로 갈라 잡더니 힘주어 냅다 젓는다.

보트는 중천에 뜬 보름달처럼 둥둥 강 중심으로 미끄러져 나간다.

"승조 군이 그런 배신을 할 줄은 감쪽같이 몰랐는걸요. 영옥 씨두 아마 승조 군을 그렇게까지 생각은 못 하셨죠?"

창건은 역시 노를 저으며 영옥을 빤히 바라다보았다.

"무엇 말씀이에요?"

영옥은 시치미를 딱 뗐다. 창건의 입에서 승조의 흉을 정작 듣고 보니 영옥은 갑자기 창건에게 반감이 생겼던 것이다.

"승조 군이 그 순경인가 한 여잘 농락하는 그 일 말씀입니다."

"창건 씬 왜 함부루 그런 말씀을 하세요? 승조 씨가 왜 순경 씰 농락하신다구!"

"그럼 농락이 아니고 무업니까? 영옥 씨를 뻔히 사랑하면서 왜 순경일 농락하는 것이 아니라면 그럼 영옥 씰 농락하는 셈이 되게요?"

"모든 일을 왜 그렇게 간단히 처결해 버리시려구 하세요. 여자와 남자가 한 번만 단둘이 댕겨도 창건 씬 곧 그걸 연애로 아시는 모양이지만 그렇다면 이 세상엔 연애 홍수가 났게요?"

영옥은 웬 심인지 자꾸만 이겨 보고 싶은 야릇한 감흥이 불현듯 솟구쳐 올라 저 스스로도 무슨 뜻인지를 헤아리지 못한 채 함부로 뱉어 놓았다.

"아니, 잠깐만!"

하고 창건은 노 젓던 손을 쉬면서

"그건 무슨 뜻입니까? 그럼 제가 말한 승조 군과 순경인가 한 여자와의 관계를 믿지 않으신단 말씀입니까? 혹은 승조 군과 영옥 씨와의 관계를 부인하시는 말씀입니까? 전 잘 모르겠는걸요."

"아무렇게나 맘대루 해석하세요!"

그리고 영옥은 고개를 고즈넉이 돌려서 멀리 한강 하류를 바라다본다.

맑고 잔잔한 물결이 고기비늘처럼 아래로 아래로 굽이치는 것이 보인다. 아득한 수평선 위에는 한두 폭 범선이 이야기 속의 배처럼 한가롭고 강가 푸른 언덕 위에는 검은 연기를 토하는 커다란 굴뚝이 드높다.

영옥은 잠시 자신을 잃어버린 채 사위의 아름다운 풍경에 취하였다.

창건은 맘대로 해석하라는 콧방을 놓고 샐쭉 돌아앉는 영옥의 행동에 참을 수 없는 관능적인 충동을 일으켰으나 이 자리에서 어쩐다는 수도 없어 야수처럼 꿈틀거리는 욕망을 간신히 억누르며 노를 저어서는 하류로 하류로 내려간다. 물결 원체가 빠른 데다 노까지 힘주어 저으니 보트는 부살닫듯[87] 흘러내린다.

영옥은 인제는 실연의 괴로움조차 잊어버린 듯 리드미컬하게 율동하는 보트의 동요, 그것에 취한 채 멍하니 머릿속에는 승조와의 아름다운 풍경을 배치하고 있다. 급속도로 달리는 보트의 속력도 오직 영옥의 공상을 분별없이 상쾌하게 할 뿐 이 세상 시름은 강바람에 모두 씻어 버리고 몸은 꿈나라로나 달리는 듯이 가볍게 느껴졌다.

그리하여 영옥이가 무아경의 짙은 꿈에서 소스라쳐 깨어났을 때에는 보트는 이미 강심(江心)에 뜬 채 물결을 따라 너울거리고 있고 창건은 노 잡은 손을 쉰 채 유들유들하고 검측스러운[88] 눈시울로 영옥을 마주 보고 있었다.

"아!"

영옥은 악몽에서 솟아난 듯 저로 돌아오자 입속으로 부

---

87) '불화살'의 북한어인 '부살'과 '닿다'의 평안북도 방언인 '닷다'의 합성어. '불화살 닿듯'을 뜻하는 말이다.
88) 검은빛을 띠며 어둡고 맑지 않다.

르짖으며 상류를 올려다보았으나 인도는 까마득히 멀어 안개 낀 바닷가에 넘나드는 갈매기처럼 아련하게 가물거릴 뿐이었다.

영옥은 비로소 옆에 앉은 사내가 승조가 아니고 창건이라고 알자 두려운 고독이 뼈에 사무쳐 공포에 찬 눈치로 창건을 돌아보려니 창건은 벌름 웃고 나서

"왜? 두려워?"

하고 말투부터가 육지의 세계에서보다는 동뜨게 능글맞다. 영옥에게는 창건의 웃음이 지금처럼 유들유들해 보인 적은 없었다.

"저리로 올라가요."

영옥은 떨리는 목소리로 야무지게 말했다. 그러나 그 음성에는 애원의 색조가 다분히 섞여 있었다.

육지 먼 바다[89] 위의 꿀렁거리는 보트에 몸을 의탁한 그 한 가지 사실만도 무섭고 두렵고 한데, 육지의 세계에서는 양같이 온순하던 창건이가 강 위에서는 이렇게도 사나운 표범으로 변하였다고 알자 영옥은 두려움이 뼈에 사무쳤던 것이다.

꼬임에 들고 속아 넘고 한 것을 인제야 깨닫자 부화가

---

89) 당시 한강에는 백사장이 넓게 펼쳐져 있었고 여름이면 해수욕복을 입은 사람들이, 겨울이면 스케이트를 타는 사람들이 가득했다. 한강 인도교 및 백사장과 뚝섬, 광나루의 넓은 모래밭은 피서지 구실을 톡톡히 했고, 한강을 왕래하는 유람 택시도 등장했다. 1938년 〈동아일보〉를 보면 혹서(酷暑)였던 그해, 한강에서 사망한 피서객의 숫자만 60여 명에 달한다는 기사가 있다. 작가가 반복적으로 이곳을 '바다'로 칭하는 것은 지금과는 다른 일제강점기 한강에 대한 인식에서 기인한 것으로 추측해 볼 수 있다.

바글바글 끓어오르긴 했으나 힘에 부치는 차에 여기서 당장에 어쩔 수도 없었다. 여기서는 오직 한시바삐 이 장소를 벗어나면 그만일 것 같았다. 그러나

"영옥 씨! 영옥이!"

하고 창건은 딴 때 없이 익숙한 말투로 부르며 거침없이 팔을 영옥의 어깨에 턱 얹어 본다.

"이러지 마세요!"

영옥은 팔을 홱 뿌리쳤다. 그 서슬에 잠잠하던 보트가 균형을 잃은 채 몇 번 좌우로 꿀렁거렸다.

"누가 어쩐다구?"

그러고 창건은 한 번 더 손을 얹어 본다.

"왜 점잖지 못하게 구세요."

영옥은 팩 나무라고 싶은 충동을 가까스로 참고, 어색한 웃음까지 지어 보였다. 아무리 고래 질러도 아무도 구원해 줄 이 없는 여기는 창랑한 바다 위라는 인식에 비겁하나마 영옥은 웃음을 팔지 않을 수 없었던 것이다.

"사낼 점잖은 동물이라고 생각한다면 건 큰 인식 착온 걸! 하하하!"

창건은 호탕하게 웃고 나서

"조창건이나 최승조나 사내인 점엔 매일반일걸. 아니 최승조 군이 살살 뒷돌이로 돌아 댕기면서 어지 들을 후러 내는 거기에 비기면 내가 영옥을 사랑하기 때문에 이런 무례한 짓을 하는 것쯤은 오히려 상품이겠지."

1930년대 한강철교(서울역사아카이브)

• 1930년대 한강철교 아래 결빙된 한강(서울역사아카이브)
• 1930년대 마포구 한강(서울역사아카이브)

하며 우와기[90]를 벗고 와이셔츠 소매를 걷어 올린다.

"이런 행동으로서가 아니고는 사랑을 표시할 줄 모르신다면 전 조 선생님을 경멸할 테야요!"

하고 창건의 태도가 점점 수상해 감을 깨닫자 영옥은 정신이 펄쩍 들어 비로소 반항의 자세를 가져 보았다.

"사랑의 표시는 경우에 따라 다르겠지. 가령 승조 군은 얼마든지 온건한 태도를 취하는 것이 효과적이겠지만 난 나 같은 거야 어디 그래 가지고야 영옥의 얼굴인들 만나 볼 수 있을라구!"

"그래서 이런 데루 절 꾀어 오셨단 말씀이죠?"

"꾀어 왔다느니보다 승조 군과 순경인가 한 여자가 다방 아세아에서 만나는 걸 본 것은 사실이었고— 그 때문에 내가 의분(義憤)과 사랑을 한꺼번에 느낀 것도 사실이었지."

"그래서 절 이런 데까지 끌고 오셨단 말씀이에요?"

하고 영옥은 급기야 성을 발칵 냈다.

다방 아세아에서 승조와 순경이가 아침부터 만났다고 알자 영옥은 새삼스럽게 울화가 치끓었고 또 그 때문에 조창건이한테까지 이런 모욕을 받지 않으면 안 되는 자기의 가엾은 신세에 그는 억제할 수 없는 슬픔이 솟구쳐 올랐던 것이다.

지금 창건이한테 이런 꼴을 당하는 것도 역시 승조에게

90) 겉옷의 일본 말

버림받은 오직 그 때문인가 하니 갈수록 승조가 밉고 원망스럽고 또 그러한 약점을 정면으로 내걸고 덤벼드는 창건이가 무슨 짐승이나 같이 야비하게 여겨져 번연히 앙칼진 시선으로 사내를 마주 흘겨보았다. 지금 몸을 두고 있는 곳이 사람의 세계에서는 멀리 떨어져 강 위라는 그런 생각은 벌써 영옥의 머리에서는 사라지고 말았던 것이다.

"노한다고 물러갈 조창건이도 아닐걸, 하하하."

하고 창건은 바다가 떠나갈 듯이 무의미한 웃음을 웃어 보인다.

"그럼 절 여기서 어쩌실 테야요?"

"결국 타협으로 안 되는 일은 힘에 맡길 수밖에……. 세상은 힘과 힘의 관계니까!"

하며 창건은 한 발걸음 바싹 다가선다.

영옥은 발작적으로 수비의 자세를 지으며 한 발걸음 뒤로 물러서자 보트는 금방 뒤엎일 듯 꿀렁거린다. 그 바람에 주위의 물들이 사방으로 동그라미를 그리며 출렁출렁 노대를 쳤다.

"이 물 깊이가 몇 길이나 되는지 알겠지?"

하고 창건은 물을 가리키며 말하고 나서

"영옥 씨는 왜 조창건의 진심을 그렇게 몰라주오."

"어서 보트를 기슭에 대 주세요. 그런 건 뭍에서도 얼마든지 할 수 있는 얘기 아녀요?"

"영옥의 정확한 대답을 얻기 전에는 이 밸 절대루 기슭에 댈 순 없는걸."

"그러니까 비루하시다는 거예요."

하고 영옥은 톡 쏘아붙이며 이런 사내와는 역시 교제할 수 없이 생각하다가 문득 지금 창건의 존재가 승조에게 대한 영옥 자신의 존재와 흡사함을 깨닫고 웬 심인지 눈물이 폭 쏟아졌다. 그와 동시에 언젠가의 밤에 '꿈을 찾아 헤매기 몇 세월이던 어느 날 거리의 다방에서 샛별을 보고 가슴은 호수처럼 퍼덕이다'란 순환의 시를 읽은 일이 생각나서 금시 회오리처럼 순환이가 그리워졌다. 역시 제 가낱을 기슭은 승조도 창건도 아닌 오직 순환의 옆이었다고 순간 느껴졌던 것이다.

"그럼 대답을 못 하겠단 말인가?"

하고 창건의 음성은 단박 거칠어졌다.

"대답을 꼭 들어야 개운하시겠어요?"

"억지로라도 그럴밖에……."

"만약 그 대답이 창건 씨에게 실망을 자아낼 대답이라면 어떡하실 테야요?"

하고 영옥은 마음을 가다듬으며 정면으로 창건을 마주 보자 창건은 별안간 실신한 사람처럼

"뭐? 나두 사내다! 이렇게 된 바에야."

이렇게 부르짖기외 함께 두 팔을 좌우로 헤벌리너니 번개같이 영옥에게 덤벼들었다. 인제는 힘으로밖에 더 다른 수단을 몰랐던 것이다.

벼락같은 엄습에 영옥은 맥없이 보트에 뒤로 나자빠졌다. 그와 동시에 이마에 스치는 뜨거운 입술과 몸을 누르는 천근 같은 무게, 영옥은 비로소 때아닌 폭풍을 깨닫고 힘에 부치는 천근 같은 무게를 떠넘겨 엎으려 하였다. 그러나 사지에 힘을 주어 버둥거릴수록 저항 없는 보트만이 기우뚱거릴 뿐 실린 짐은 씨근벌떡하는 호흡과 함께 자꾸만 몸에 배어드는 듯하였다.

다시 한번 발버둥을 쳤을 때에는 헛되이 노만이 물에 떨어졌고 세 번째 힘을 부려 보려 할 적에는 기둥에 얽어 매인 듯 사지를 꼼짝달싹할 수가 없었다.

악 소리를 치기에는 호흡이 너무 급박했고 사리를 조리 있게 처단하기에는 사체가 너무나 험상궂었다.

압착기에 눌린 한 마리의 물고기와도 같이 몸뚱어리는 편편한 종잇장이 되고 마는가 싶게 가슴이 등골로 우그러져 든다. 몸을 뒤채려고 하면 보트가 먼저 꿀렁거리고 정신을 수습하려고 하면 뜬 눈앞이 캄캄해 왔다.

세상에 이렇게 험상궂고 답답한 순간도 있을까— 모든 것이 잃어지고 깨어지고 부서지고 하는 이 순간이라는 생각에 영옥은 어떻게 해서든 이 순간을 벗어나야 할 것을 벼락같이 느낀 것은 모든 것을 운명으로 관념하고 헌신짝같이 몸을 내던졌던 다음 순간의 일이었다.

영옥의 팔다리에는 새로운 힘이 샘솟았다. 답답하던 가슴이 풀리는 듯하고 몽롱하던 머리가 번개같이 번쩍 빛나는 찰나에 영옥은 온통의 힘을 모아 몸으로 웃짐을 떠받으며 모로 획 쏟아 버렸다.

순간─ 압박에 지쳤던 몸이 날듯이 가벼워지고 푸른 하늘이 전폭으로 눈앞에 전개되고 보트는 하늘로 올라갈 듯이 두둥실 솟아오른다고 깨닫는 순간에

"첨벙 부그그그그……. 아브! 아브!" 하고 물 끓는 소리와 물속에서 허우적거리는 소리가 들려왔다.

"아! 앗!"

영옥이가 악 소리치며 일어나기와 창건이는 물에 빠진 것을 깨달은 것은 거의 같은 순간의 일이었다.

영옥은 물속을 들여다보았다.

소용돌이치는 물속에서 안타까이 허우적거리는 순간 영옥은 모든 것을 돌아볼 새 없이 오직 죽음에서 한 생명을 구해야 한다는 그 생각뿐으로 분별없이 텀벙 물속으로 뛰어들었다.

그러나 영옥은 물에 뛰어들자마자 창건을 구하기는커녕 저 자신 정신이 아뜩하였다. 가슴이 답답하고 호흡이 급박하고 숨을 들이쉴 적마다 코로 입으로 쏼쏼 달려드는 물 물 물!

손을 휘저어도 발을 허우적거려도 아무 보람은 없이 각각 일각으로 기만 막혀 오는 안타까이노 삽갑한 정신!

추를 단 듯이 시시각각이 밑으로 밑으로 꺼져 내려앉는 몸뚱어리.

최후의 순간에 손발을 한 번 더 휘저어 보았으나 그도 그저 그뿐 가물가물하던 의식의 줄이 푹 끊어지고 다음은 무의식의 세계였다.

18 ─ 이브의 죄

순경이가 영옥을 찾아간 것은 영옥이 이미 창건에게 유인되어 한강으로 나간 바로 직후였다.

"영옥 씨 어디 가셨어요?"

순경의 묻는 말에 가정부는

"글쎄요. 조금 전에 암말 없이 나가셨는데 혹 승조 씨 댁에 가셨는지두 모를 거예요. 온 아침두 승조 씨 말씀을 하시던 걸요!"

하고 묻지도 않은 말까지 지껄인다.

"승조 씨 댁에요?"

하고 순경은 저 모르게 반문하였다.

'영옥은 정녕 승조 썰 사랑하는구나! 영옥이가 날 찾아왔던 것도 역시 내 태도를 눈치채려는 속셈에서였구나!'

하고 순경은 제 추측이 틀림없다고 알자 웬일인지 가냘픈 불안을 느끼지 않을 수 없었다. 질투라기에는 너무나 연약하고 실망이라기에는 너무나 델리케이트한 감정이었다.

그러나 한순간이 지나 순경은 완전히 평정한 심리 상태

를 회복하자 일시나마 그러한 못마땅한 감정을 일으켰던 제 자신을 책망하며 스스로 승조를 멀리하리라 하였다.

사실이지 순경은 웬일인지 승조와 함께 교외로 나간다는 것이 은근히 두려웠던 것이다.

승조가 영옥을 따돌리고 저와 만나려 하는 것도 수상타면 수상했지만 그보다도 만약에 승조가 그러한 태도로 나왔을 적 순경은 족히 자신을 지켜 갈 수 있을까 그것도 스스로 의문이었던 것이다. 승조가 구애를 하였을 경우에 설혹 순경은 자신을 지킬 수 있다손 치더라도 승조에게는 역시 죄송스러울 것이요, 그러므로 차라리 그런 기회를 미연에 회피했으면 그만일 성도 싶다.

그러나 그렇다고 간 곳조차 잘 모르는 영옥을 당장에 찾아낸다는 수도 없고 승조는 승조대로 지금 다방에서 기다리고 있는 것이 아닌가?

이러나저러나 별수 없이 영옥의 집을 나오려는데 정주골 아주머니가

"선생님이 위층에 계시는데 안 뵙고 가세요?"

해서

"참, 잠깐 뵙고 가겠어요."

하고 순경은 되돌아서 위층으로 올라갔다.

이 층은 바닷속처럼 조용하다. 고이 나부낀 안개인 양 고요한 공기를 흩트리기조차 외람되어 순경은 발걸음도 사뿐사뿐 삼가 밟았다.

층층계를 다 올라서니 맞은편으로 반만큼 열려져 있는 아틀리에의 도어가 마주 보였다.

노화백은 오늘도 아틀리에에 잠겨져 있는 모양이었다.

'선생님은 쉬지 않고 아틀리에에서 그림을 숭상을 하고 계시는데 나는 이렇게 놀고만 있어 될까.'

하니, 비록 오늘 하루 쉬기로 한 것도 실상인즉 노화백의 건강을 염려하는 마음에서 나온 일이었건만 역시 어쩐지 죄송한 느낌이 들었다.

순경은 부러 인기척을 내느라고 잔기침을 하면서 도어께로 걸어가서 안을 들여다보니 노화백은 여전히 가운을 입은 채 손에는 화필을 들고 캔버스 앞에 경건히 성립하고 있다. 순경은 잠깐 머물러 서서 노화백의 등 뒤에서 혼자의 인사를 올리고 그리고 잠잠히 서서 노화백의 뒷모양을 바라보았다.

등 뒤에 사람이 와 서 있는 것도 알아보지 못한 채 예술의 제작에 취해 있는 노화백. 그 너무나 거룩한 태도였다. 순경은 자신을 잃어버린 채 오 분 칠 분 십 분…… 그냥 서 있었다. 그러다가 문득 자신을 깨닫자

"저…… 선생님."

하고 고즈넉이 그러나 여무지게 불렀다.

그 소리에 노화백은 몸 전체를 비틀어 뒤를 돌아보다가

"아, 순경 씨! 오늘은 쉬기로 하지 않았든가."

하고 뜻하지 않고 나타난 순경을 무척 반기는 것이다.

"네! 쉬기로 했는데 선생님은 왜 안 쉬세요."

순경은 아틀리에로 다가서며 물었다. 억지로라도 오늘은 노화백을 자기네가 모시고 어디 놀러 갔어야 할 것이라고 생각되었던 것이다.

"그리든 것을 내버려두구 쉬기란 괴로움이구료!"

"그래두 하루쯤은."

"내게는 하루두 귀한 시간이거든."

하고 노화백은 쓸쓸히 웃는다. 얼굴 전체에 가을바람이 서린 듯싶은 노화백의 서글픈 표정에 순경은 저 모르게 눈시울이 뜨거워 왔다.

"오늘 하루만은 약속대루 쉬세요. 그리구 최 선생님과 뚝섬에 같이 놀러 나가세요."

"뚝섬에 나가오? 승조 군도 같이 나가오?"

하고 노화백은 놀람 가득한 눈으로 순경을 마주 바라다본다. 순경은 그 시선에 부대끼자 웬일인지 몸 소름이 끼쳐졌다.

'역시 역시 승조 군도 순경을⋯⋯.'

노화백은 맘속으로 끄덕였다. 한순간 안개 같은 불안과 실망이 그의 머리를 어지럽게 하였다. 그러나 그는 이어

"순경 씨! 한 십 분쯤 시간을 빌릴 수 있겠소?"

하고 미리부터 먹었던 말을 끄집어낸다.

"뭣 하시렵니까?"

"쉬기로 약속한 오늘 이러는 건 무리한 청탁이오만 옷

금단의 유역   189

입은 대루 좋으니 모델대에 잠깐만 앉어 주시오. 그리려든 이메지가 암만해두 머리에 떠오르지 않어서."

하고 노화백은 민망한 표정을 짓는다.

순경도 도저히 거절할 수는 없었다. 이렇게 노화백은 에술에 필사적이신가 하니 오히려 경솔했던 제가 뼈아프게 뉘우쳐졌다.

그래 순경은 이왕이면 여느 때와 마찬가지로 옷까지 벗으려고 저고리 고름을 끄르려니까

"아니, 옷 입은 대로 좋아!"

하고 노화백은 손을 들어 막는다.

"전 괜찮어요."

순경은 일향 벗으려 했다.

"아, 그럴 필요 없다니까. 어서 그대루!"

순경은 굳이 우길 바도 아니라고 옷을 입은 채로 모델대에 가 포즈를 짓고 앉았다.

그제서 노화백은 서너 간 거리를 두고 정면으로 마주 서더니 물끄러미 순경을 바라다본다.

이 분 삼 분 오 분! 땅속 깊이 뿌리라도 박힌 듯이 노화백은 움직일 줄을 모르는 채 망부석처럼 우뚝 서서 지독한 눈총으로 순경의 눈 가장을—이 아니라 눈알을 쏘아보고 있다.

언젠가 승조가 변소에 가고 단둘이 마주 대했을 적의 무섭고 두렵고 하던 그 시선이 지금 두 번째 나타난 듯도 하

였다.

바라다본다든가 쳐다본다든가 마주 본다든가 그러한 말로 표현될 시선이 아니라 그야말로 쏘아보는 눈총이었다.

눈총— 그렇다. 심장을 쏘는 화살 같은 눈총이었다. 순경은 심장이 아픈 듯도 하였다. 고양이의 눈살을 맞은 쥐 모양으로 사족을 옴짝할 기력조차 없었다. 디립[91] 뜨고 견주어 보는 눈!

노화백의 숨결은 차츰 거칠어 갔다. 그것은 마치 단말마의 괴롭고 사납고 한 호흡처럼 듣기에도 급박스러웠다.

방 안의 고요하던 공기가 순간에 휘저어지고 흐트러지고 하는 듯하였다.

'왜 저러실까……?'

순경은 두려웠다. 저 태도가 무엇을 의미하는가를 모르는 바 아니었고 알기 때문에 더욱 노화백이 두려운 그였다.

"승조 군과 함께 뚝섬에?" 할 적에 비상히 놀라시던 그 눈—그 눈에는 질투의 빛이 얼마나 번개 치듯 하였던가. 노화백이 두려운 게 아니라 금방이라도 그의 입에서 튀어나올 듯싶은 '고백'이 무서웠던 것이다.

'모델 노릇을 하기가 잘못이었지.'

순경은 이런 후회까지 해 본다.

'어떡하면 질식할 이 장면을 고스란히 헤어날 수 있을

91) '세차게', '마구'를 뜻하는 '들입다'의 평안도 방언

까?'

노화백도 마음의 상처를 받지 않고, 순경 자신도 신앙으로 구원을 얻을 수 있는 방도는 없을까? 순경은 고요히 눈을 감고

'주여! 광야에 헤매는 이 불쌍한 양을 구원하여 주소서.'

하고 간절한 기도를 올렸다.

순경은 이때처럼 신을 알뜰히 믿은 적은 일찍이 없었던 것이다.

그러자 한껏 괴로워졌던 노화백의 숨결은 이번엔 밤 잦아들 듯 차츰 잠잠해 왔고 걱정에 지글지글 타오르던 눈은 점차 환상의 세계를 그리는 듯 이력이 묘연해 왔다. 그렇게나 야멸차던 눈이 볼 동안에 안개에 얽힌 가로등처럼 몽롱하고 그리고 굳게 다물었던 입 가장자리의 수염이 절로 수물거려진다.

정확한 의심의 세계를 벗어나 환상의 광야를 더듬어 헤매고 있는 것이었다. 사실 노화백의 눈에는 인젠 순경의 또렷한 형체가 보이지 않았다.

엷은 구름 속에 싸인 초승달처럼 또 혹은 해무 낀 바닷가의 명멸하는 등대처럼 눈앞의 순경이가 노화백에게는 가물가물하고 아름다운 꿈으로밖에 보이지 않았다.

현실적인 존재가 아니라 흐리멍덩한 몽상 속의 그림자였다.

"순경— 순경—"

드디어 노화백은 저 모르게 가만한 목소리로 두 마디를 중얼거렸다. 완전히 의식 밖에서의 행위였다.

그 부름에 순경은 가슴이 덜컥 내려앉았다. 온 혈관의 피가 벼락같이 순환을 정지한 듯 가슴이 답답하였다. 눈 감고 거닐다가 바람벽에 불 쪼은 때처럼 눈앞이 탁 막혔다.

그때 아래층에서 전화 종이 요란하게 울리는 소리가 들려왔다.

"선생님—"

마침 이 기회라고 순경은 야무진 목소리로 노화백을 불렀다.

"응."

노화백은 벼락같이 저로 돌아오자 험상궂은 악몽에서 깨어난 사람처럼 흐리멍덩하게 풀어진 눈으로 순경을 마주 본다.

"전화 왔어요."

순경은 애써 평온을 꾸몄다.

"전화?"

"네, 제가 받고 오겠어요."

하고 순경은 살짝 일어섰다. 노화백에게는 무척 민망했으니 순경은 이렇게라도 해서 절박한 이 순간을 피할 도리밖에 없었던 것이다.

순경이 도어 밖에 나서자 노화백은 땅이 꺼질 듯이 무거운 한숨을 쉬며 안락의자에 가 쓰러지듯 주저앉아 버렸다.

순경도 층계에서 두 번이나 꼬꾸라질 뻔했다. 간신히 수화기를 들자

"여보세요!"

하니까 저쪽에서는 순경의 목청을 알아본 듯

"순경 씹니까? 저 승좁니다. 그런데 사람을 언제까지 기달리게 할 작정이십니까?"

하고 승조는 몹시 성난 목성이다.

그 소리에 순경은 정신이 벌컥 들었다.

"최 선생님이세요? 퍽 미안하게 됐어요. 용서하세요. 영옥 씨가 어디 나가셨다구 해서."

하고 더 말을 이으려는데 승조는 더 들을 필요 없다는 듯이 가로막더니

"오늘따라 왜 영옥 씰 그렇게 생각하십니까? 영옥 씨가 없으면 오늘 약속은 이행 못 하시겠다는 말씀입니까?"

하고 승조의 음성은 몹시 떨려 왔다.

순경은 승조의 그러한 태도를 다 이해할 수 없었다.

"왜 그렇게 곡헬 하셔요?"

순경은 흉터를 건드린 듯하여 가슴이 뜨끔하면서도 침착히 말하였다.

"곡해가 아니면 달리 해석할 수 없잖어요. 애꿎은 영옥 씰 등장시켜서까지 맘에 없는 선심을 쓰실 건 없겠지요. 저도 그렇게 해서까지 선심을 받고 싶지는 않으니까요."

피를 토하듯이 쏘아붙이는 승조의 구절구절에 순경은

심장을 찔린 듯하였다. 역시 무섭던 예감이 들어맞았구나 하는 생각과 함께

'노화백과 승조 씨와 나…… 모두 불행한 인간들이다.'

이렇게 느껴져 순경은 말문이 딱 막혔다. 그래 한참을 머뭇거리다가야

"곧 갈 테니 잠깐만 더 기다려 주세요."

하고 먼저 전화를 끊고 나자 순경은 그대로 전화통을 부둥켜안고 안타까이 머리를 비볐다.

순경의 눈앞에는 아까 노화백의 고민하던 정상[92]과 지금 전화통에서의 승조의 사나운 표정이 파노라마처럼 나타났다. 하잘것없는 제 한 몸이 이렇게 두 분의 마음에 괴로움의 씨를 뿌리게 되는 것도 '이브'가 금단의 과실을 따먹은 죄일까?

'이브! 나두 이브의 죄를 범할 것인가?'

순경은 오 분 넘어 망연자실하고 서 있는데 다시 전화통이 운다. 또 승조 씨에게서인가 하고 수화기를 들었다.

"여보세요. 네. 홍시현 씨 댁입니다. 네? 조창건 씨세요? 네. 네! 네? 한강에서 영옥 씨가요? 정말이세요?"

전화를 받는 순경의 얼굴은 볼 동안에 새파래져 가더니 마침내는 눈망울이 튀어나올 듯이 둥글어지며 제 귀를 의심하듯 재차 묻는다.

"여보세요. 네? 네? 노량진 S 병원요? 네. 네. 네. 곧 가겠

92) 情狀. 인정상 차마 볼 수 없는 가련한 상태

습니다."

순경은 전화를 동댕이치듯 하고는 미친 사람처럼 허둥지둥 이 층으로 달려 올라가다가 문득 생각을 고쳐먹고 전화통으로 되돌아왔다.

영옥이가 한강 물에 빠져서 지금 노량진 S 병원으로 데려다 눕혔으나 도저히 가망이 없다는 이 청천에 벽력같은 사실을 노화백에게 알리기 전에 먼저 아세아에 있는 승조와 순환에게 알리는 것이 좀 더 침착한 순서라 생각했던 탓이었다. 순경은 그들에게 전화를 걸어 어서 속히 병원으로 가게 하고 가정부에게 택시를 한 대 부르라고 해 놓고는 이 층으로 올라와 되도록 침착을 꾸며서

"저! 선생님! 영옥 씨가 한강에서 빠져서 지금 노량진 S 병원에 입원했다구 전화가 왔으니 어서 가 보셔야겠어요."

하고 떨리는 음성을 가까스로 짓누르며 말하였다.

"뭐? 영옥이가? 한강에서? 아니 한강엔 언제 나갔게?"

아무리 노화백이라도 과시 놀라지 않을 수 없었다. 얼굴 전체가 바로 놀람 덩어리 그것이었다. 그러나 그는 분초를 유여치 않고 벌떡 일어서며

"영옥이가 물에 빠졌다? 어서어서 택시를 불러! 택실!"

하고 실신한 사람처럼 허둥지둥 복도로 달음질쳐 나온다.

순경은 그의 곁을 부축하듯이 뒤로 따라나서며

'영옥이가 죽다니! 이브의 죄든가?'

하고 맘속으로 생각하자 순간 저 모르게 구슬 같은 눈

물이 주르르 흘러내렸다.

19 — 성 수도원

간호부의 안내로 노화백과 순경이 영옥을 눕힌 방에 이르렀을 때에 승조와 순환은 벌써부터 와 영옥의 침대 옆에 창건과 함께 웅줄웅줄 서 있었다.

의사와 간호부도 함께 섞여 섰기는 했으나 응급 수단은 치러 볼 대로 치러 본 후라 속수무책으로 영옥의 얼굴만 들여다보고 있다.

집을 떠날 때에는 그렇게나 서두르던 노화백도 병원에 이르러서는 과시 침착을 회복한 듯 엄숙히 침대 옆으로 걸어와서는 백옥같이 희어진 영옥의 손을 붙잡고 얼굴을 빤히 들여다보면서

"영옥아—"

하고 떨리는 목소리로 침통히 부른다. 그러나 영옥은 입을 굳게 다문 채 그렇게나 응석을 부리기 좋아하던 아버지에게도 아무 대답이 없다.

노화백은 그냥 구멍이 뚫어지도록 딸을 들여다보고 있다. 석고처럼 새하얀 아름다운 얼굴, 그 때문에 유난히 끼매 보이는 눈썹, 고이 내리감은 눈은 금시로 반짝 샛별같이 뜨일 것 같고, 가볍게 다문 입에서는 방금 웃음이 피어날

것같이 보였으나 그러나 영옥은 종시 말이 없었다.

'저 아름답고 거룩한 얼굴! 영옥은 정말 죽었을까? 어제 저녁에 찾아와서 웃고 떠들고 하던 얼굴이 바루 저 얼굴이 아니었던가!'

순경은 참된 마음으로 영옥의 얼굴을 지켜보았다.

그러자 노화백은 다시

"영옥아 그, 그만 깨려므나! 영옥아!"

하고 딸의 손을 힘주어 흔들며 비통히 말하는 그 음성에는 비애와 원망의 감정이 사무쳐 있어 좌중은 모두들 저 모르게 눈물을 훔쳤고, 순환만은 설움을 참다 참다 못해 와락 달려들어 망인의 가슴 위에 쓰러지듯 엎어지며

"영옥 씨! 영옥 씨! 영옥 씨!"

하고 어지럽게 부르짖는다. 다방에서 '사모의 시'를 헌사한 것이 마지막 만남이 될 줄은 차마 몰랐던 것이 원망스러웠으나 그러나 영옥은 순환에게도 다시 입을 열려고 하지 않았다.

"영옥아, 자냐! 아부지 예 왔다. 왜 대답이 없느냐?"

노화백은 이번에 정말 잠든 딸을 깨우기나 하듯 나지막한 그러나 몹시도 쓰라린 목소리로 부르면서 딸의 얼굴에 제 얼굴을 갖다 비벼 본다.

그 바람에 입때껏 죄인처럼 어쩔 줄을 모르고 쩔쩔매며 한구석에 버티고 서있던 조창건도 와락 침대 밑에 쓰러지듯 무릎을 꿇고 엎드리며

"영옥 씨! 선생님! 용서하십시오. 용서하십시오."

하고 목멘 울음소리로 참회의 부르짖음을 부르짖었고 그러한 창건의 태도를 보자 승조는 승조대로 그렇게나 알뜰히 따르던 영옥을 제가 받아들였더라면 이런 슬픔은 당하지 않을 것이었다고 스스로 가슴이 메어 왔다.

죽음이란 엄숙한 사실을 눈앞에 놓고 방 안의 공기는 바야흐로 착잡한 감정의 홍수를 일으키려 하였다.

그리하여 이때까지 가장 침착을 유지하고 있던 의사는 비로소 제 임무를 깨닫고 지극히 직업적인 언사로

"다들 진정하십시오. 그리구 시첼 그렇게 볶아서는 안 됩니다."

하고 뭇사람들에게—보다도 노화백에게 말하였다.

"시체? 그럼 영옥이가 죽었소? 아니, 영옥이가 죽었단 말이오?"

비로소 노화백은 숙였던 얼굴을 번쩍 들어 놀람에 찬 눈으로 의사를 힐문하듯 쳐다본다. 노화백은 정말 영옥이가 잠든 줄로만 알았던 것인가? 혹은 '시체'라는 말에 새삼스럽게 죽음을 인식한 것인가?

"……"

급박하고도 이이없는 질문에 의사는 잠시 아연히 서 있었고 방 안의 모든 사람도 의사와 마찬가지로 노화백의 정신 상태를 의심하지 않을 수 없었다.

"의사, 그럼 영옥이가 죽었단 말이오?"

"매우 슬픈 일입니다만 소생할 가능은 끊어졌습니다."

하고 의사가 차디차게 대답하자

"영옥이가 죽어? 죽다니 웬 말이냐? 죽다니! 영옥이가 죽다니……!"

하고 엄청나게 웅장한 목소리로 곱씹어 부르짖는 노화백의 전신이 와들와들 떨린다고 보는 순간 그는 몇 발걸음 뒤로 비칠비칠하다가 '탕!' 하고 뒤로 반듯이 나자빠지는 것이었다.

"아앗! 선생님! 선생님!"

옆에 섰던 순경이 비명을 지르며 노화백에게 달겨들기와 함께

"선생님—"

하고 승조와 순환과 창건도 부리나케 모여 와 그를 일으켜 안았으나 이미 인사불성이었다.

"주사! 주사!"

순경이 이렇게 의사에게 부르짖기보다 먼저 의사는 어느새 주사를 놓고 있었다.

"옆방으로 옮깁시다."

주사를 놓고 나서 명령하여 여럿은 네 각을 들어 옆방 침대에 갖다 눕혔으나 노화백은 좀처럼 깨어나지 못하였다.

"괜찮으실까요?"

순경은 체면도 차릴 새 없이 초조한 생각에 의사에게 달뜨게 물었다.

"괜찮을 겁니다. 맥박은 심히 약하지만—"

"한 대 더 놓지 않아도 좋을까요? 주살?"

"글쎄, 두 댈 놓았으니까 한 이십 분가량 기다려 보세요."

"이십 분씩이나요?"

순경은 이십 분이란 시간이 영원처럼 길게 들렸던 것이다. 이십 분, 아 이십 분!

'선생님이 솟아나실까?'

순경은 노화백이 암만해도 소생해 낼 성싶지 못하게 생각되었고, 그렇게 생각하니 문득 아까 아틀리에에서 야멸찬 눈으로 무엇인가 호소하듯 견주어 보던 그 시선이 자꾸만 야속하게 눈앞에 번뜩였다.

"맥박이 어때요?"

순경은 맥박을 지키고 있는 승조에게 물었다.

"무척 희미한걸요."

승조는 한숨과 함께 대답한다.

'그럼 선생님은 이대로 돌아가시려는가? 제발 솟아나 주셨으면……. 그러나, 그러나 영옥을 잃은 지금에 설혹 솟아나신다 해도 얼마나 외로우실까?'

문득 생각이 거기에 미치자 순경은 새로운 비극을 또 하나 발견하여 이후엔 참고 누르고 했던 눈물이 거침없이 주르르 쏟아져 나오는 것이었다.

그래 방정맞게 이럴 일이 아니라고 눈물을 훔치면서 마지막 영옥의 얼굴을 대할 셈으로 아랫방으로 오니 거기에

는 어느새 순환과 창건이 침통한 표정으로 시체를 지키고
있어 순경은 방 안에 들어서기를 주저하다가 도로 돌아와
노화백의 얼굴을 들여다보았다.

고독에 절고, 고난에 시달리고 하면서도 족히 자아를 굳
세게 지켜 온 인종의 흔적에 찬 얼굴이었다. 최후의 순간까
지 예술에 생명을 바치던 순교자인 그가 바로 지금 눈앞의
이 어른이 아니시던가, 하던 순경은 어느 결에 생사의 관념
을 초월하여 한 폭의 거룩한 성화를 감상할 때처럼 경건한
심정이 용솟음쳤다.

병실은 죽은 듯이 고요하였다. 의사도 승조도 말없이 노
화백의 맥박만 지키고 있을 뿐이다.

문득 멀리서 열두 시를 알리는 오포93) 소리가 울렸고 뒤
이어 성당 종소리가 아득하게 들려왔다.

순경은 고요히 눈을 감았다. 그리고

'주여! 저희와 함께 계시사 외롭고 슬픈 이 영혼을 영원
히, 영원히 인도하여 주시옵소서. 아—멘.'

하고 맘속으로 간절한 기도를 올리자 문득 그의 감은 눈
앞에는 성 수도원 지붕 꼭대기의 십자가가 태양처럼 찬란
히 빛나 보였다.

93) 낮 열두 시를 알리는 대포

종교와 예술을 통한 욕망의 승화
- 예술가 소설과 연애 소설 사이에서
『금단의 유역』읽기

박수빈

1. 문학사에서 외면받은 정비석의 첫 장편

정비석은 1935년 등단하여 1991년 타계하기까지 우리 문학사에 방대한 작품을 남겼다. 그는 "김내성이나 박계주와 비교해 보더라도 작품의 수로 보아 가장 강력한 대중성을 지닌 작가일 뿐만 아니라, 욕망을 노골적으로 드러내고 그에 따라 행동하는 새로운 인간과 세계를 가장 먼저 포착하고 형상화함으로써 이 시대의 새로운 경향을 이끌었던 작가"[1]다. 그러나 그에 대한 문학계의 평가는 "대중적 호응과 학문적 고평이 싸늘하게 반비례하는 관행의 중심에 서 있는 작가"[2]라는 유성호의 말에서 핵심을 읽을 수 있다. 우리 문학사에서 정비석은 "점차 애욕의 세계로 빠져들어 가면서 애정물 작가로 변화"[3]한 작가, "처음에는 수준 높은 소설을 발표했다가 그 후 대중소설 쪽으로 전향"[4]한 작가로 규정되는 것이 보통이기 때문이다. 다수의 문학사에서 그는 베스트셀러 『자유부인』의 작가이거나, 1951년 5월 조직된 '육군종군작가단 소속 작가'

1) 이영미, 「정비석 장편연애·세태소설의 세계 인식과 그 시대적 의미」, 『정비석 연구』, 소명출판, 2013, 41쪽.
2) 유성호, 「『정비석 문학 선집』의 발간을 축하하며」, 『정비석 문학 선집1』, 소명출판, 2013, 9쪽.
3) 정한숙, 『현대문학사』, 고려대학교출판부, 1982, 153쪽.
4) 김윤식·김우종 외, 『한국현대문학사』, 현대문학, 1989, 240쪽.

정도로 간단히 언급되고 있다. 해방 전 이미 콩트·단편 소설 50여 편과 장편 소설 3편을 발표했음에도, 거론되는 소설 작품으로는「성황당」이 유일하다. 그래서 정비석의 첫 장편 소설인『금단의 유역』은 지금까지 문학사에서 제대로 언급된 적이 없다.

『금단의 유역』이 발표된 1930년대는 대중 소설론 논쟁이 치열했던 시기다. 프롤레타리아 이데올로기 선양의 수단으로 소설의 필요성을 절감한 프로문학 작가들의 옹호가 있었고, 통속 소설과 대중 소설에 대한 개념 규정 또한 평단의 관심을 끌었다. "소설 문학의 한 갈래로 파악할 수도, 그렇다고 무시할 수도 없는 묘한 위치에 있는 소설"[5]이라는 표현에서도 알 수 있듯이 당시 대중 소설에 대한 시각에는 장편 소설이 통속화되는 것에 대한 우려, 이른바 '진정한 문학'이나 고전이 될 수 있는 명작이 창조되지 않는 것에 대한 안타까움이 복잡하게 반영되어 있었다. 김남천의「신진 소설가의 작품 세계」(1940)를 보면, 당대 문단에서 정비석을 어떻게 평가했는지 알 수 있다. 그는 이 글에서 정비석의「성황당」(1937),「저기압」(1937),「농경」(1938),「이 분위기」(1939)를 "전기의 수작"이라 칭하고, 그 후 작품 세계의 전환에 대해서는 "자신의 정신상 처리를 성과 치정 속에서 수행해 버리려고 할 때에 그

5) 한국현대소설학회,『현대소설론』, 평민사, 1994, 286쪽.

것은 자칫하면 안이한 도피와 당연히 억제하여야 할 그리고 상하지 못한 개인 취미에 문학을 잡쳐 버리는 듯한 오해를 사람으로 하여금 품게 할" 수도 있다고 경고하며 부정적으로 평가했다.[6] 그러니까 1930년대 후반 정비석이 본격적으로 대중 소설가의 길을 걷기 시작하면서, 그에 대한 평가는 초기 단편들에 대한 호의적 분위기와는 완전히 달라진 것이다.

　대중 소설가로서 정비석이 처한 이중적 위치를 가장 극적으로 보여 준 사건은 1950년대 있었던 이른바 '자유부인 논쟁'에서다. 당시 그는 『자유부인』으로 우리나라 출판 사상 최초로 10만 부를 넘긴, 명실상부한 베스트셀러 작가가 됨과 동시에 엘리트 계층으로부터 큰 비판을 받았다. 이 논쟁은 1954년 3월 1일 〈대학신문〉에 당시 서울대학교 법대 교수였던 황산덕의 「자유부인 작가에게 드리는 말」이라는 글이 실리면서 시작되었다. "참다 못하여 붓을 들어 一面識도 없는 貴下에게 몇 마디를 올리겠습니다"로 시작되는 이 글은, 대학 교수를 사회적으로 모욕하는 소설을 쓰지 말아 달라는 요청을 담고 있다. 이에 3월 11일 정비석은 〈서울신문〉을 통해 소설을 읽지도 않은 상태로 구설만을 듣고 작품을 비난하는 것은 불성실하다고 비판하며, "'가슴에 손을 대고 良心껏 反省해 보라'는 貴下의 말씀은 고스란히 그대로 貴下에게 返還"하

6) 김남천, 「신진 소설가의 작품 세계」, 『인문평론』, 인문사, 1940.2.

겠다는 문장으로 응수했다. 남녀관계와 애욕의 세계를 다룬다는 이유로 정비석은 그렇게 대중의 사랑과 비판을 한 몸에 받으며 1950년대를 지나고 있었다.

정한숙은 당시 사회적 분위기와 우리 문학사의 경향에 대해 논하면서 "말하자면 빈곤의 문제와 그로 인한 세상사의 문제만을 사회적 고민으로 알고 즐겨 쓰던 우리나라 문단엔 대개 애정의 문제가 나타나면 훨씬 독자의 흥미를 집중시키면서도 한편 통속으로 인정받거나 멸시당하는 일이 많았다. 우리 사회만의 특이한 현상이"[7]라고 말하기도 했다.

정비석이 본격적인 '애욕의 작품 세계'를 장편을 통해 처음으로 완성한 작품 『금단의 유역』은 이후 그의 대중 소설의 기초가 된다. 정비석이 보여 주는 애욕의 세계는 시대와 문학에 대한 어떤 통찰과 메시지를 담고 있을까? 사랑과 연애에 대한 정비석의 관점, 예술에 대한 통찰을 엿볼 수 있는 이 작품을 통해 정비석 소설에 대한 보다 풍요로운 읽기와 해석이 가능해지기를 기대해 본다.

2. '늙음'과 '젊음' 사이에서: 대비되는 남성 인물

7) 정한숙, 앞의 책, 158쪽.

이 소설의 남성 인물들은 엘리트 계층의 '유능한 남자들'이다. 정비석의 표현을 통해 살펴보면, 홍시현은 "양화계의 선구자 고전파(古典派)의 거장"이다. 그의 제자인 최승조는 "노화백이 지극히 사랑하는 청년 화가"다. 김순경의 오빠인 김순환은 신진 시인으로 "어딘지 모르게 시인다운 고상한 기품"과 쓸쓸한 향취가 있는 인물이다. 영옥을 짝사랑하는 조창건은 신문 기자다. 세 남자를 비교하면서 영옥은 승조와 순환은 "세속 청년들과는 딴판인 뛰어난 청년"이고, 창건은 이들에 비하면 "세상 때에 전, 나쁘게 말하자면 추근추근한 사람"이라 평한다. 남성 인물들은 모두 글을 쓰거나 그림을 그리는 등 창조적인 일을 한다는 공통점을 갖고 있으나, 고상한 예술가들 가운데 기자인 창건은 다소 이질적인 인물로 설정되었다. 이는 직업적인 부분에서뿐만 아니라 사랑에 대한 태도 면에서도 마찬가지다. 자기 안에 침잠하는 세 남성 인물과 달리 창건은 적극성과 행동력을 가진 유일한 인물이기 때문에, 작품에서 차지하는 비중이 적고 섬세하게 묘사되지 않음에도 소설의 결정적 사건을 주도하고, 갈등을 만들어 나가는 역할을 전담하게 된다.

소설은 순경을 중심으로 한 노화백-승조의 사제(師弟) 간의 삼각관계와 영옥을 중심으로 한 승조-창건-순환의 사각관계를 그리고 있다. 이 관계는 모두 엇갈려 있으며, 그로 인해 소설의 비극적 결말은 이미 예견되어 있다.

 1) 애욕을 예술로 승화시키고자 노력하는 인물:
    추강 홍시헌

연재분 총 6회 가운데, 1회의 내용을 단어로 표현하면 '갈등', '고뇌', '오뇌'라 말할 수 있을 것이다. 소설 초반부의 내용은 전부 노화백의 내적 갈등으로만 이루어져 있다. 이는 단순히 노화백이 순경에게 애욕을 느꼈기 때문이 아니라, 칠십 인생 평생 처음 느껴 보는 '예술적 감격'을 그동안 동반자로 함께해 온 아내가 아닌 김순경이라는 모델을 통해 느끼게 되기 때문이다. 예술가로서 기다리고 바라 마지않던 상황이지만, 생애 처음으로 아내가 아닌 다른 여성을 화폭에 담는다는 사실만으로도 그는 아내를 배신하는 것 같은 윤리적인 죄책감을 느낀다. 그러나 애초에 구분되지 않았던 애욕과 창작욕은 현실과 몽상을 오가며 갈등하는 과정에서 점점 명확해진다.
 전형적인 연애 소설의 문법 속에서 이 소설의 남자 주인공은 '승조'라 생각될 수 있지만, 남성 인물 가운데 주인공을 꼽는다면 그건 노화백이라 보아야 한다. 정비석은 그를 통해 '사랑'에 대해 말하고, '예술'이 지향해야 할 가치에 대해 논한다. 또한 시기심이나 열등감과 같이 그가 가진 추(醜)한 부분과 몸과 정신을 다 바치는 예술적 고결함을 함께 다룸으로써 그를 풍부한 인물로 그리고자 했다. 그래서 정비석은 스스로의 욕망을 통제하는 데 실패한 노년의 애욕을 노골적으로 그려 조롱하기도 한다. 노화백이 어느 날 밤 기어코 순경의 꿈을 꾸고 난 후, 캔버스에 그려진 그녀를 껴안기 위해 뛰어드는 장면을 보라. 엄청난 소리를 내며 넘어진 캔버스와 그 앞에 정신이 번쩍 든 채 어정쩡한 자세로 초라하게 선 노구(老軀)를 사실적으로 묘사함으로써, 서술자는 오랜 번민과 절제의 결과가 그림 속 여자를 안으려 뛰어드는 모습이냐고 비웃는다. 그리고 마치 그에 답하듯 자기 자신을 책망하고 반성하는 노화백의 통렬한 고백은 마치 죄인의 고해성사와도 같다.

> 순경—젊은 미망인으로 절개를 지키려는 순경, 진실한 가톨릭 교도로, 신앙으로 생활을 순귀해가려는순경 그토록 깨끗해지려는 순경을 마음속으로 범하는것만도 죄송된 일인데 하물며 육체로써 범하려는것은 그것이 그에 대한모독이요 예술에 대한 모반이 아니고 무엇인가? 그림에서 아름다움을 발견하기는커녕 야욕밖에 이르키지 못한것이 아니었든가. 신에의 모독이라든 예술에의 모반이라든 그러한 원대하고 고상한 것에의비길것은 잠간 두고, 한 사회일원으로서 도덕률에 비처보드라도 커다란 죄인이 아니고 무엇인가? (……) 조선서

양화를 말할때에는 으레신주처럼 치켜세우군하든 소위 '추
강화백'이란 작자의 꼴악선이가 지금 나의 이꼴이 아닌가.[8]
(밑줄: 인용자)

한 사회 일원으로서의 도덕률을 행위의 기초로 생각하는 인
간이기에, 노화백은 순경에 대한 애욕을 그 이상으로 드러내
지 못한다. 그것은 그가 직업 윤리를 지니고 있고, 자신의 감
정을 감당할 수 있는 성숙한 인간이며, 무엇보다 예술과 자기
삶을 일치시키려 노력하는 인간이기 때문이다. 자신에게 남
아 있는 시간의 한계를 무겁게 인식하고, 극도로 절제된 생활
을 유지하면서 "심혈을 다하여 단말마까지 예술을 지켜야 할
것이 참된 창조의 사도의 성직"이라 말하는 그는, 불완전하지
만 '반성하고 고뇌하는 인간'이라는 점에서 신뢰할 수 있는 존
재다.

  2) 회피하고, 숨기며, 속이는 인물들:
     최승조, 김순환, 조창건

본정을 주무대로 하는 세 명의 젊은 남성 인물은 당시 모던 보
이의 전형이다. 카페, 식당, 서점에서 시간을 보내는 이들을

8) 정비석, 『금단의 유역』, 『조광』 제5권 10호(통권 48호), 1939.10, 134-135쪽.

통해 당대 사회적 분위기와 젊은이들의 유행을 엿볼 수 있다. 세 남성 인물은 향유하는 문화와 머무는 공간, 사랑과 연애에 있어 노화백과 대척점에 놓여 있다. 늘 뚫어질 듯 순경의 눈을 바라보는 노화백과 달리 세 남성 인물의 '시선'은 언제나 똑바로 상대를 향하지 않는다.

최승조는 영옥의 사랑을 알면서도 거절하지 않고 그저 회피하며, 순경에 대해서 또한 적극적으로 애정을 드러내지도 못하는 '우유부단'한 성격의 소유자다. 영옥의 애정을 부담스러워하면서도 이에 우월감을 느끼며 그녀를 통제하려 한다. 늦게까지 친구들과 논다는 영옥을 못마땅하게 여긴다거나 조창건의 존재를 알았을 때 오히려 안심하는 모습 등은 그의 이중적인 성격을 잘 보여 준다. 또한 승조는 순경에게 표면적으로 예술적 동지처럼 굴지만, 마음속에서는 그녀를 성녀(聖女)로 '우상화'하며 숭배하고 있다. 그것은 그녀가 남편을 잃은 젊고 아름다운 과부이자 신실한 가톨릭 신자이기 때문이다. 승조에게 있어 순경은, 자신의 이상이 반영된 환상의 존재나 다름없기에 그녀를 현실의 연애 상대로 대하기 어렵다. 그래서 승조는 온전히 한쪽으로 마음을 정하지 못하고 둘을 끊임없이 저울질하는 것이다.

김순환은 영옥에게 '암시'만을 주는 인물이다. 이른바 '사모의 시'를 통해 우회적으로 자신의 마음을 보여 주지만, 그것은 어디까지나 영옥의 입장에서 자신을 두고 쓴 것으로 해석 될 뿐 어떠한 말로도 직접 표현하지 않는다. 소슬바람처럼 서 늘한 그에게서 영옥은 확신을 갖지 못한다.

조창건은 소설에서 '이리'에 비유되는 인물이다. 유일하게 영옥에게 적극적으로 구애하지만 이는 진실한 사랑에서 비롯 되는 것이라 볼 수 없다. 그는 영옥에 대한 사랑 그 자체보다 영옥의 사랑을 받는 최승조에 대한 '열등감'과 삼각관계에서 이기겠다는 '승부욕'이 더 크다. 그러나 연거푸 영옥에게 무시 당한다고 느끼자 창건은 자신에게 무관심한 영옥을 벌하겠다 는 '복수심', 영옥을 취하겠다는 '정복욕'으로 그녀를 비극적 죽음에 이르게 한다.

사랑을 회피하고, 마음을 숨기고, 진심을 속이며 상대에게 정면으로 응하지 못하는 젊은 남성 인물들의 내면에는 사랑 보다 앞서는 가치가 있다. 자존심, 우월감, 열등감, 승부욕 같 은 것들이 그것이다. '나'가 가장 소중한 남성 인물들에게 사 랑은 사실상 이용당하고 있으며, 이들의 태도는 "남을 사랑한 다는 것은 오죽 거룩한 일이냐? 그러나 거기 대한 값을 받으 려면 긴 틀린 것이지—"9)라는 노화백의 말과 정면으로 배치 된다. 그래서 그들의 애욕은 관계의 파멸, 나아가 한 인간의 죽음을 야기하게 된다.

9) 정비석, 『금단의 유역』, 『조광』 제5권 10호(통권 48호), 1939.10, 140쪽.

3. '들국화'와 '시클라멘'은 모두 꽃: 운명적 한계의 여성 인물

정비석은 인물 묘사에 있어, 비유와 상징을 적극적으로 활용한다. 순경과 영옥은 '젊고 아름다운 여성'이라는 공통점이 있지만, 그 아름다움의 성격이 다르다. 승조에 의해 둘은 각각 '들국화'와 '시클라멘'에 비유된다. 순경이 수난을 겪고 자란 굳센 아름다움이라면, 영옥은 온실 속에서 폭풍을 모르고 자란 내약한 감정의 아름다움이라는 것이다. 그러나 들국화나 시클라멘이나 모두 꽃이라는 점에서, 이 소설 속 여성 인물 서사는 운명적·태생적 한계를 지니게 된다.

1) 금단과 동경의 '대상': 김순경

김순경은 어디까지나 남성 인물의 '대상'으로 존재한다. 그녀는 누구나 뒤를 돌아볼 만큼 빼어난 외모를 지닌 여성으로 성녀의 전형이다. 그러나 그 전형성 가운데 도드라지는 비전형적 요소가 있는데 바로 그녀가 젊은 과부라는 사실이다. 순경의 인물형의 핵심은 성녀 같은 모습, 신실한 가톨릭 신자라는 사실과 더불어 육체적으로는 매우 관능적 아름다움을 지닌 나체화의 모델이라는 설정에 있다. 즉, 정비석은 이 소설에서 비극적 스토리를 가진 성녀를 나체화의 모델로 만듦으로써 그 '배덕' 자체를 자극적 소재로 사용하고 있다고 볼 수 있다. 그럼에도 순경의 육체나 그들의 그림 작업을 묘사하는 과정에서 모든 행위는 (거의 강박적으로) 오로지 예술을 위한 것으로 존재하고 있으며, 이때 두 남성 인물은 그녀를 보며 죽음으로써 절개를 지키는 순교자를 연상한다.

(1) 갸름한 얼굴에 날카롭게 솟은 코와 야광주같이 윤끼있는 눈동자가 유별히 어름같이 찬 인상을 주었다. (……) 노화백은 순경의 눈을 보자 아무리 추철한 회화라도 순경의 아름다움을 따를수 없으리라고 느꼈었다. 그러므로 그는 순경의 눈을 한번 회화에 그대로 옮겨 놓고싶은 욕망이 무럭무럭 솟아올랐다.[10]

(2) 관능적인 아름다움이 아니라 회화적인 아름다움이오 물체적인 아름다움이 아니라 약동하는 생명의 아름다움이었다.[11]

(1)은 노화백이 순경의 눈을 보며, (2)는 승조가 순경의 나체

10) 정비석, 『금단의 유역』, 『조광』 제5권 7호(통권 45호), 1939.7., 156-157/161쪽.
11) 정비석, 『금단의 유역』, 『조광』 제5권 8호(통권 46호), 1939.8., 195쪽.

를 보고 각각 순경의 아름다움을 느끼는 대목이다. 결과적으로 두 남성 인물이 모두 순경에게 애욕을 느낀다는 점에서 이는 기만적인 데가 있지만, 노화백은 물론 승조 또한 순경에 대한 감정의 기반에는 예술적 창작에 대한 열망이 탄탄히 자리를 잡고 있다. 순경을 대상으로 한 그림의 제호로 각각 '금단'과 '동경'을 선택한 두 남성 인물에게 있어, 순경은 결국 자신들의 예술적 성취를 위한 일종의 '대상'에 불과하다. 그러니까 애초에 순경은 욕망의 대상이되 욕망 그 자체가 될 수는 없는 것이다.

소설의 결말부에서 순경은 자신에 대한 노화백과 승조의 애욕을 눈치채면서, 이 모든 것은 '이브가 금단의 과실을 따먹은 죄'가 아닐까 생각한다. 여기서 금단의 과실이란 순경 안에 남아있었던 일종의 욕망을 뜻하는 것이리라. 노화백의 훌륭한 예술적 성취에 일조하고자 했던 욕망, 승조에게는 잠시나마 느꼈던 달콤한 유혹. 결국 자신의 존재가 두 남성은 물론 영옥까지 불행하게 만든다고 여긴 순경은 새로운 사랑과 자기 안의 욕망을 거부하고, 완전한 순교자의 자리에 서면서 신앙으로 구원받고자 한다. 많은 이들의 굴절된 욕망의 대상인 그녀는 자신의 욕망은 단 한 순간도 드러내거나 실현하지 못한 채, 끝내 가부장제의 가치 속에 매몰되고 만다.

2) 남성 욕망의 내재화와 극복의 불가능성: 홍영옥

추강 홍시현의 외동딸인 영옥은, 전문학교 음악과에 재학 중인 신여성이다. 빼어난 외모와 당돌하고 질투심 강한 성격을 지닌, 사랑에 적극적인 인물이다. 순경이 주로 얼음처럼 '차가운' 인상으로 묘사된다면, 남성 인물 앞에서 낯을 자주 붉히는 영옥은 '뜨거운' 정열을 가진 여성이다. 사랑에 울고 사랑에 웃는 전형적인 연애 소설의 여주인공이라 할 수 있다. 이 소설에서 집중적으로 조명되는 인물은 초반부에 노화백이었다가, 중반부에는 순경이었다가, 결말부에서는 영옥이 된다. 소설에서 시점을 바꾸어 심리 묘사가 직접적으로 이루어지는 인물은 셋뿐이고, 소설의 결말은 영옥의 죽음으로 드라마틱하게 종결된다.

영옥은 승조, 순환, 창건 사이에서 끊임없이 그들을 견주어 본다. 자신에게 무관심한 승조를 보면 애달프고, 속을 다 알 수 없는 순환을 보면서는 호기심과 편안함을 느끼고, 자신에게 적극적인 창건에게는 죄책감과 미안함을 느끼면서 행복한 사랑과 결혼을 꿈꾼다. 변덕스럽고 감정에 휘둘리는 제멋대로인 영옥은 모든 작중 인물들이 진지하고 고상한 태도로 자신의 욕망을 포장하고 있을 때 모든 감정을 솔직하게 드러냄으로써 소설에 활기를 불어넣는다. 독자에게는 가장 친밀함을 느끼게 하는 인물인 영옥의 죽음은 그래서 더욱 갑작스럽고 비극적으로 느껴진다.

가부장제 이데올로기 속에서 이 소설을 해석하는 연구[12]에서는 영옥의 죽음이 "애정도 없이 조창건의 가슴에 안김으로써 일종의 도덕적 결함을 갖게 되고, 그 점 때문에 파국을 맞은 것"이라고 해석한다. 이 해석은 일견 타당해 보이지만, 영옥이 누군가의 애인이거나 아내도 아닌 상황에서 한 남자만을 따라야 한다는 가부장적 윤리관에 어긋났다는 이유로, 죽음의 벌을 받는 것은 지나친 데가 있다. 그럼에도 영옥이 가부장제의 희생자임을 부정할 수 없는데, 이는 그녀가 남성 욕망을 착실히 내재화한 인물이기 때문이다.

영옥의 죽음은 그녀가 '전형적인 악녀'가 아니기 때문에 생긴 결과다. 자신을 겁탈하려 한 창건이지만 물에 빠져 죽는 것은 차마 볼 수 없고, 순경과 담판을 짓겠다고 결심하고 찾아가서도 말 한마디 꺼내 보지 못하는 유약한 성품. 그것이 영옥이 가진 비전형적인 면이다. 영옥은 불안정하고, 질투심 강하고, 자격지심이 심한 인물이다. 이는 특히 자기 확신의 부족, 특히 자신의 외적인 매력이 순경에 비해 못하다는 자신감의 부족에서 기인한다.

승조와 순경에 대한 강한 증오와 적개심을 보이면서도, 동

12) 김지영, 「정비석 초기 연애 소설 연구」, 부산대학교 석사학위 논문, 2000, 54쪽.

시에 그들을 사랑하는 영옥의 가장 큰 욕망은 '나도 사랑받고 싶다'는 것이다. 가부장제하의 남성의 욕망을 그대로 내재화한 영옥은, '남성에게 사랑받은 것이 오로지 여성의 유일한 행복'이라 생각한다. 순환이나 창건이 자신을 사랑한다고 생각하면서도, 승조의 사랑을 받지 못하는 한 그녀는 언제나 '불행'할 수밖에 없기에 그녀는 소설 속에서 단 한 순간도 행복을 느끼지 못한다. 영옥이 자신에게 '사모의 시'를 전한 순환과 연애를 시작했거나, 창건의 구애를 받아들였다면 죽지 않았을 것이다. 그러나 영옥은 자기의 행복을 스스로 찾고자 했다. 자신을 사랑해 주는 사람에게 사랑받는 것에서 만족할 수 없고, 그래서 선택받는 것이 아니라 자기 감정에 보다 충실해 보려던 영옥의 시도는 결국 죽음으로 좌절된다. 그런 의미에서 영옥의 죽음은 그녀가 도덕적으로 순결하지 못했기 때문이 아니라, 자신의 욕망에 충실했기 때문에 내려진 일종의 형벌로 보아야 마땅하다.

4. 연애 소설의 공식을 깬 예술가 소설

1) 질투로 얼룩진 미완의 연애

『금단의 유역』은 사랑을 다룬 소설이 아니라, 애욕에 대한 소설이다. 연애 소설에서 작중 인물들의 관계를 삼각관계라고 할 때는 거기 사랑하는 남녀가 있어야 한다. 그들 사이에 다른 인물이 개입하면서 사건이 만들어지고, 사랑의 장애물(계급적 한계, 사회적 혼란, 누군가의 방해 등)이 존재해야 하지만, 『금단의 유역』은 이 모든 요건을 충족하지 못한다. 다양한 인물의 욕망은 있지만, 애초에 서로 사랑하는 인물의 관계가 없다는 점이 이 소설의 독특한 점이다. 이들에게 애욕은 있으나 애정은 미약하고, 질투는 있으나 신뢰는 없다. 정비석은 인간의 가장 밑바닥에 있는 나약한 면과 혼란스러운 감정들을 집중적으로 조명하여 오로지 자기 자신의 욕망 속에서 번민하고 절망하는 인간의 모습을 포착하고자 했다.

『금단의 유역』에서 작중 인물들을 움직이게 하는 가장 큰 동력은 '열등감'과 '질투심'이다. 자신보다 젊은 남성/예술가인 승조에 대한 노화백의 질투심, 자신보다 아름다운 여성 순경에 대한 영옥의 질투심, 영옥의 마음을 독차지한 승조에 대한 창건의 질투심이 그것이다. 질투심과 욕망은 인간이라면 누구나 갖는 것이지만, 그것을 어떻게 극복해 내는가 여부는 인간의 운명을 갈라놓는다. 노화백은 승조에 대한 질투심과 열등감을 예술가 정신과 성취로 극복할 수 있었다. 그것은 그가 칠십 평생을 살아오며 쌓아 온 자기 자신에 대한 믿음, 자기 성취에 대한 자부심, 직업 윤리의 결과물이라 할 수 있다. 오랜 세월 자신을 통제하고 극복하며 살아온 인간이기에 그에게 그 질투심과 열등감은 어느 정도 수용할 수 있는 것이기도 했다. 그러나 갓 성인이 된 영옥이나 창건은 자신의 열등감과 질투심을 스스로 통제할 수 없었다. 영옥은 승조에 대한 사랑만큼이나 순경에 대한 질투심이 컸고, 이를 다른 사람의 감정을 이용하는 방식으로 극복하고자 하면서 창건의 함정에 빠졌다. 창건은 승조에 대한 열등감, 영옥에 대한 분노로 그녀를 취함으로써 둘에게 복수하고자 했다. 자신의 훼손된 남성성과 자존심을 회복하는 것이 그에게는 훨씬 중요했기 때문이다.

　이렇듯 『금단의 유역』은 미완의 연애 소설이기에 1930년대만의 소설이 아닌, 보다 보편적이고 윤리적인 사랑에 대해 논하고 시대를 관통하는 메시지를 가질 수 있게 된다. 특히 이 소설은 '여성이 원치 않는 사랑은 폭력'이라는 명제를 명확히 보여 준다. 일방적으로 품은 욕망과 그것의 강제적 실현은 작가에 의해 조롱(노화백)당하거나 범죄(창건)로 구현되고, 그 사랑의 결말은 여성 '스스로의 유폐(自閉)'(순경)이거나, 죽음(영옥)일 수밖에 없다는 것이다. 로망스(romance)의 문법을 따랐다면 연애 관계의 발전을 주요 구성으로 삼거나 사회적 장애를 극복하는 과정에서 사랑이 승리하며 그것은 영원하다는 결말로 이어져야 했고, 멜로드라마(melodrama)의 문법에 따랐다면 선행이 보상받고 악행은 응징당한다는 시적 정의(poetic justice)의 실현에 등가되는 것으로 '행복하거나 도덕적으로 만족스러운 결말의 형식'을 드러냈어야 했지만 정비석은 그렇게 하지 않음으로써 『금단의 유역』을 새로운 자리에 둔다.

2) 종교와 예술을 통한 욕망의 승화

『금단의 유역』은 한편으로 예술가 소설이기도 하다. 예술가 소설은 소설가나 그 밖의 예술가가 성숙 단계를 거치는 동안에 자신의 예술가로서의 숙명을 인식하고 예술적 기법에 통달하게 되는 성장 과정을 그린 것으로서 예술가의 자의식, 삶과 예술 사이의 관계를 탐구하는 소설을 뜻한다.[13] 이 소설의 등장인물은 대부분 예술가 또는 예술가적 자질을 지닌 인물로 정비석은 회화의 경우 노화백과 승조를 통해, 문학의 경우 순환의 입을 빌려 자신의 예술론을 개진한다. 예술가의 사명, 예술의 기능과 목적, 작품화 과정이 소설 속에 상세히 나타나 있고, 특히 창작 동기와 주제의 결정, 창작과정에서의 난점과 고뇌가 소설의 주된 내용을 차지하고 있다. 토마스 만

13) M.H. 아브람스, 최상규 역,『문학용어사전』, 보성출판사, 1995, 189쪽.

(Thomas Mann)은 소설 『토니오 크뢰거』에서 예술가는 평범성이 주는 온갖 열락을 향한 은밀하고 애타는 동경에 괴로워하는 '길 잃은 시민'이라고 설명하기도 했는데, 이러한 규정은 '노화백'을 설명하기에 적합하다.[14]

　노화백은 이 소설에서 '사도(使徒)'로 명명된다. 신성한 일을 위해 헌신하는 사람. 노화백에게 예술은 곧 종교며, 믿음의 영역이자, 목숨이 아깝지 않은 일이다. 사도이자 순교자에게 세속적 관심이나 가치는 모두 장애물이기에 그런 의미에서 순경, 즉 예술적 대상에 대한 욕망은 노화백에게 있어 반드시 넘어서야 하는 고통이자 시험이다. 그래서 그는 "순경을 청교도의 태도로 대하지 않을 수 없"고, 진정한 예술/가의 길로 나아가기 위하여 '절제'와 '금욕'을 가장 큰 가치로 두고 갈등한다.

　노화백이 예술적 가치를 상징하는 인물이라면, 김순경은 종교적 가치를 상징하는 인물이다. 그녀는 종교적 신념을 위해 죽음을 선택한 "순교자", 극도로 절제된 생활을 하는 "수녀"에 비유되고, 노화백은 그런 그녀에게서 "초인간적인 인종(忍從)"을 읽는다. 영옥이 남성 인물들 앞에서 언제나 말끝을 흐리고 얼굴을 붉히는 것과 달리, 순경은 어떤 남성의 시선도 피하지 않는 인상적인 눈빛의 소유자다. 그녀는 순교자의 용

14) 토마스 만, 안삼환 외 역, 『토니오 크뢰거/트리스탄/베니스에서의 죽음』, 민음사, 1998.

감하고 강인한 모습, 수녀의 순수하고 순결한 모습을 모두 갖고 있다. '나 같은 것이 저분들의 예술에 다소라도 도움이 된다면 그만이 아니냐!'는 마음 하나로, 그녀는 나체화의 모델로 설 때 어떤 수치심도 느끼지 않는다. 진정한 예술의 완성이라는 대의를 위해 주저함이 없으며, 오직 창조의 정열에 부응하고자 하는 순수한 마음뿐이다.

노화백의 예술과 순경의 종교는 계속해서 둘을 윤리적 인간의 자리에 머물게 하고, 욕망을 승화시키는 수단이 된다. 삶과 예술의 갈등과 극복, 작가의 미학적 자의식이 두드러지는 『금단의 유역』은 예술가로서의 행동 양식이나 고민이 단편적으로 표출되는 것을 넘어서는 지점을 갖고 있다는 점에서, 예술가 소설로서의 의의를 발견할 수 있다.

5. 시대를 초월하는 메시지

1930년대 통속 소설의 의미를 연구하면서 서영채는 통속 소설을 통속 소설답게 만들어 주는 가장 핵심적인 장치는 '우연'이라 말했다. 이때 인물들은 "한갓된 기호에 불과"[15]하여 자신의 정체성에 의문을 제기하지도, 자신의 삶의 방식을 회의하지도 않는다고 말한다. 통속 소설의 인물에게는 내면이 존재하지 않는다는 것이었다. 통속 소설의 서사적 문법과 소설의 정전화 논리에 비추어『금단의 유역』을 보면, 이 소설은 독특한 위치에 있다. 신문 연재 소설도 아니고, 본격 문학에 포함될 수도, 그렇다고 그의 대중 문학의 전형이라고 이야기할 수도 없다. 정비석의 작품 세계 속에서 보자면,「성황당」과 같이 토속적인 배경을 다루지도 애욕의 세계를 전면적으로 다루지도 않는다. 남녀 간의 정사는 고사하고, 등장인물들은 손 한번 잡는 일이 없다. 연애 소설이라기에는 '예술가 소설'에 가깝고, 우울하고 무거운 메시지와 분위기를 지녔다. 그러나『금단의 유역』은 그 어느 곳에도 완전히 속하지 않음으로써 더 세련된 작품으로 완성된다. 통속 소설의 문법을 깨뜨리면서 인물들은 생동하고, 내면 깊숙한 욕망을 읽어 낼 수 있다. 인간에 대한 뛰어난 통찰력은 인물들이 맺는 복잡한 관계 속에서 다양한 구조적인 문제 또한 논할 수 있게 해 준다.

정비석은 1937년「연애 소설 일반오해를 일소하자」에서 자신이 생각하는 연애와 사랑에 대한 의견을 드러냈다. 그는 이 글에서 "바른 연애"와 "진실한 연애"라는 표현을 사용하면서, "연애처럼 시대에 예민하고 시대를 솔직하게 표현하는 것

15) 서영채,「1930년대 후반기 소설 연구: 1930년대 통속소설의 존재 방식과 그 의미 - 김말봉의「찔레꽃」을 중심으로」,『민족문학사연구』, 민족문학사학회·민족문학사연구소, 1993, 272쪽.

은 없을 것"[16]이라고 말한다. 또한 연애는 인생의 가장 중요한 영원의 과제이므로 이를 비속하거나 저속하다고 생각해서는 안 된다며, 연애/소설에 대한 바른 인식의 중요성을 강조하기도 했다. 『금단의 유역』에는 정비석이 대중에게 전하고자 했던 "새로운 연애에 대한 지시와 계발, 낡은 남녀관계에 대한 지적과 비판의 내용"[17]이 담겨 있다. 그의 가장 중요한 메시지는 "사랑이란 줄 것이지 받을 것은 아니어든! 그러니까 참으로 사랑만 한다면 그건 벌써 행복이지 그 이상 무엇을 바랄드냐! 그 이상 바라는 건 욕심이지 사랑은 아니어든"이라는 노화백의 말에서 찾을 수 있다. 1939년 영옥이 경쾌한 구두 소리를 내며 걸었던 서울 곳곳의 '페이브먼트'가 지금도 여전하듯 바른 연애와 진실한 연애에 대한 그의 메시지 또한 지금 여기, 우리에게 여전히 유의미하다.

16) 정비석, 「戀愛小說 一般誤解를 一掃하자」, 〈조선일보〉, 1937.9.12.
17) 김현주, 「정비석 단편소설에 나타난 애정의 윤리와 주체의 문제」, 『대중서사연구』 26, 대중서사학회, 2011, 78쪽 참고.

한국근대대중문학총서 기획편집위원

김동식(인하대 교수)
문한별(선문대 교수)
박진영(성균관대 교수)
함태영(한국근대문학관 운영팀장)

편집간사

송지현(한국근대문학관 학예연구사)

책임편집 및 해설

박수빈(고려대 민족문화연구원
연구교수)

한국근대대중문학총서 틈 10

금단의 유역

제1판 1쇄   2023년 11월 30일

지은이   정비석
발행인   홍성택
기획   인천문화재단 한국근대문학관
편집   눈씨
디자인   박선주
마케팅   김영란
인쇄제작   새한문화사

㈜홍시커뮤니케이션
서울시 강남구 선릉로103길 14
T. 82-2-6916-4403 F. 82-2-6916-4478
editor@hongdesign.com   hongc.kr

ISBN   979-11-86198-81-0   03810